À Nicole ...

Bonne lecture

et

beau Voyage sur

la route des coeurs!!!
oo.

2/12/05

Le Voyage

Robert Blake

Le Voyage

Conte

Les éditions du 9e jour inc.

Catalogage avant publication de la Bibliothèque nationale du Canada

Blake, Robert, 1964-
Le Voyage : conte / Robert Blake.

ISBN : 0-9735196-0-6

I. Titre.
PS8603.L35V69 2004   C843'.6   C2004-902577-5

Illustrations de la couverture : Marie-Lyne De Sève / www.desevedesign.com

Photo de Robert Blake : Massimo / www.massimophotographe.com

Couverture, infographie et mise en pages :
DesJardins Conception Graphique inc. / www.djcg.qc.ca

Dépôt légal
2e trimestre 2004
Bibliothèque Nationale du Canada
Bibliothèque Nationale du Québec

Les éditions du 9e jour inc.
C.P. 205, Succ. Cartierville
Saint-Laurent, (Québec) Canada, H4R 2V8
www.9ejour.com
Courriel : info@9ejour.com

Remerciements

Je tiens à remercier :

Agneska, André, Anouk, Cynthia, Dana, Dominique, Élisabeth, François, Gabriel, Heather, Isabelle, Jeanne d'Arc, Lise, Lucie, Magdalena, Pascal, Pauline, Réal, Rudy, Sabine et Vianito pour leurs commentaires et leurs encouragements

Claudia, qui fut l'inspiration de départ du *Voyage*

Marie Josée pour son aide et sa lumière

Marie-Lyne pour son coup de baguette magique sur ses aquarelles

mon ami au petit chapeau et mon père, qui, de là-haut, veillent au grain...

À tous les enfants
du monde, grands
et petits, qui gardent
bien en vie le royaume
de l'imaginaire…

Préambule

Il y a de ces voyages qui changent à jamais votre vie et de ces rencontres qui s'inscrivent au creux des cœurs.

Je parcourais l'Italie du Nord lorsque je m'arrêtai à un magnifique village dont les rues étroites et les maisons aux teintes ensoleillées avaient tôt fait d'imprégner les visiteurs d'une douce chaleur. Posté à flanc de montagne, le village regardait la Méditerranée du haut des airs. Une fine rivière glissait timidement derrière ses vieux quartiers. Les échanges verbaux à l'italienne résonnaient telle une douce musique dont on ne se lasse jamais. J'avais loué une des deux seules chambres en haut d'un café avec vue sur un tout petit parc. De ma fenêtre, j'apercevais aussi le port et ses bateaux entre les branches des arbres bicentenaires. Tout respirait le calme et la paix, mis à part les tumultes passagers de la mer.

Par un beau matin ensoleillé, j'eus la chance de croiser une fillette plutôt étonnante. Rentré tard la nuit précédente, le réveil fut des plus ardus. En me pointant au café, la terrasse était remplie de gens. Il n'y avait qu'une seule place disponible à la table qu'occupait l'enfant. Celle-ci avait la larme à l'œil lorsque la serveuse lui demanda si je pouvais me joindre à elle. Moi qui étais encore endormi, portant des marques d'oreillers au visage, j'espérais bien prendre un café tout doucement en observant en silence le va-et-vient de la foule.

Après les présentations d'usage, j'eus droit à une visite guidée du plus merveilleux des voyages...

Première partie

Il était une fois une petite fille prénommée Paola. C'est l'été. Les classes sont enfin terminées pour les nombreux enfants qui courent un peu partout, qui jouent, qui rient et qui s'amusent à en oublier le temps. Paola n'a pas tellement le cœur à la fête, pas plus qu'elle n'a envie de jouer avec ses amis qui la réclament. Elle est triste et nostalgique, car il y a de cela quelques semaines à peine son papa est décédé. Tous les ans, il lui dédiait au moins une semaine à la fin des classes pour s'amuser et jouer avec elle. C'était « leur » semaine et, ensemble, ils réinventaient le monde.

Paola aimerait bien refaire le monde, pour vrai cette fois, ou encore demander à un petit génie de lui redonner son père qui lui manque tant. Elle est là, jouant avec son ballon, le bottant contre la clôture de pierre qui ceinture le petit parc du quartier voisin du sien.

Perdue dans ses pensées, Paola remarque discrètement un vieux monsieur aux cheveux gris et à la barbe longue, pas trop longue, juste assez, et bien coupée. Le monsieur a fière allure. Assis à une table du café face au parc, il reçoit, un à la fois, des adultes de tout âge, tantôt des étrangers, tantôt des gens du village. Certains viennent parfois de très loin pour le consulter. Or, Paola était loin de se douter que sa mère, Sylvia, connaissait très bien cet homme dont les rares visites au village sont soulignées par les uns ou attisent la curiosité des autres. Ses amis l'appellent affectueusement Monsieur Jacquot. Plusieurs le considèrent comme un sage. Selon certains, il aurait plus de 70 ans, d'autres croient qu'il a plus de 90 ans, mais qu'importe puisque, malgré son âge avancé, il présente toujours des allures de gamin.

Sylvia et Monsieur Jacquot se sont connus alors que celle-ci était elle-même enfant. Devenus de bons amis, ils se font toujours un devoir de partager un bout de journée ensemble lors du passage du vieil homme au village. Ce fut d'ailleurs le cas juste avant la fin des classes.

Fait remarquable pour Paola, c'est que chacune des personnes qui s'asseyent à la table de Monsieur Jacquot termine la conversation avec le sourire aux lèvres. Paola aurait bien envie de les imiter, mais le cœur n'y est pas. La journée passe et tout se déroule au ralenti dans sa tête, comme si le temps n'avait plus la même signification qu'avant.

Le lendemain, à l'heure du midi, la revoilà au parc jouant avec son ballon et déjouant des amis imaginaires. De l'autre côté de la rue, et ce, pour la seconde fois en deux jours, Monsieur Jacquot est assis à la même table et il semble boire le même café. Une fois de plus, les gens défilent, non pas qu'il y ait une file d'attente, mais après chaque rendez-vous, une nouvelle personne se pointe le bout du nez. Tout se déroule tel un mouvement d'horloge des plus précis.

Pour sa part, Paola voyage dans sa tête à la recherche du sourire de son père. Les heures passent. Le temps file. Elle quitte parfois le centre de son univers, son ballon, pour observer cette véritable pièce de théâtre qui se joue de l'autre côté de la rue, une pièce avec un seul acteur principal et de nombreux figurants.

Alors qu'elle observait discrètement le spectacle qui lui était offert, son regard croisa celui de Monsieur Jacquot pour une première fois. Gênée, voire un peu intimidée, Paola tourna les yeux en direction de son ballon. En fin d'après-midi, elle retourna à la maison avec la satisfaction au cœur de ce premier contact avec celui qui, pensait-elle, lui redonnerait un jour son sourire.

Ce petit stratagème se poursuivit pendant quelques jours. Les croisements de regards firent place aux échanges de sourires et, chaque fois, Paola ressentait comme une chaleur au cœur. Plutôt que de jouer avec ses amis, qui l'encourageaient tant bien que mal, elle préférait ces instants en partage avec Monsieur Jacquot, devenu le centre de ses pensées. Douce magie...

ⓖⓖⓖ

Sa maman s'inquiétait un peu de la voir s'enfermer dans sa solitude et sa tristesse, elle qui d'ordinaire courait partout, bougeait tout le temps, tout en étant le boute-en-train de son groupe d'amis. Sylvia se sentait impuissante devant la tristesse de Paola et ne savait trop comment s'y prendre pour lui redonner le sourire, occupée qu'elle était avec son boulot, l'entretien de la maison ainsi qu'avec Émilio, son second enfant. Elle fut par contre rassurée après avoir reçu un appel téléphonique de Monsieur Jacquot qui, ayant déjà vu quelques-unes de leurs photos de famille, lui dit avoir reconnu sa fille jouer au parc face au café. Il lui mentionna qu'ils avaient échangé des sourires et qu'il pensait bien avoir la chance de discuter avec elle le moment venu. Dès lors, Sylvia comprit ce qui poussait sa fille à jouer en solitaire plutôt qu'avec ses amis. De merveilleux souvenirs de sa première rencontre avec Monsieur Jacquot lui revinrent en tête. Comme quoi, le temps n'a jamais d'emprise sur des bonheurs en partage.

En son for intérieur, la maman de Paola souhaitait que celle-ci ait la chance de discuter avec Monsieur Jacquot. Selon elle, s'il y avait une personne sur terre capable de redonner le sourire à sa fille, c'était lui. Aussi, connaissant très bien son vieil ami, elle savait qu'il ne fallait jamais brusquer les choses et que tout se déroulerait de la bonne façon au moment propice.

᠙᠙᠙

Plus les jours passaient, plus Paola espérait s'asseoir à la table de Monsieur Jacquot, même si cela lui semblait impossible puisqu'il ne recevait que des adultes. Un bon matin, elle se leva avec la ferme intention de l'aborder entre deux rencontres pour prendre rendez-vous avec lui. S'il lui fallait débourser des sous, elle n'aurait qu'à casser sa tirelire que son père avait pris soin de bien remplir avant de partir. C'est donc avec le sourire au cœur et d'un pied ferme que Paola se dirigea vers le parc.

Comme tous les jours précédents, Monsieur Jacquot était là, assis à la même table, buvant le même café mais, fait bizarre, il n'y avait personne qui l'accompagnait, comme si l'horloge de ses rencontres s'était arrêtée. La petite Paola, qui attendait une pause entre deux rencontres pour l'aborder, vit son plan prendre la poudre d'escampette. Elle n'osait même plus regarder en direction du café tant elle était gênée, sans trop savoir pourquoi d'ailleurs.

Alors qu'elle était perdue dans ses pensées, un curieux coup de vent poussa le ballon en direction du café. Il arrêta sa course juste à côté de la clôture en fer forgé séparant le café de la rue et tout près de la table de Monsieur Jacquot.

« Oups! » se dit-elle. Les automobilistes, témoins de la scène, s'arrêtèrent pour laisser la chance à Paola de récupérer son ballon sans danger. C'était un peu comme s'ils formaient une haie d'honneur pour laisser passer une jeune princesse. Le chemin étant libre, c'est avec des blocs de béton dans les souliers qu'elle traversa la rue. Monsieur Jacquot fit comme si de rien n'était. Ce ne fut que lorsque Paola se pencha pour récupérer son ballon qu'il lui dit : « Bonjour toi! » avec un sourire en coin. À la fois surprise et heureuse, Paola lui sourit, oubliant du coup que ses amis automobilistes attendaient patiemment son retour au parc.

Monsieur Jacquot invita Paola à s'asseoir à sa table. « Je n'ai pas d'argent sur moi, répliqua Paola, mais j'en ai plein dans ma tirelire à la maison. »

— Oh! tu sais, tu m'as déjà maintes fois payé avec tous ces sourires que tu m'as lancés ces deux dernières semaines, et cela, malgré la tristesse qui pèse sur tes épaules.

— Comment avez-vous deviné que j'étais triste?

— Je l'ai simplement senti. Ce n'est pas tellement compliqué, tu sais. Au fait, je m'appelle Jack ou Monsieur Jacquot pour les intimes. Tu te prénommes Paola, je crois!

— Comment savez-vous mon prénom?

— Je le sais, c'est tout. Allez, je sais que tu as envie de t'asseoir et que tu es intriguée par ce que je peux bien raconter aux gens.

— Mais vous avez sûrement des rendez-vous!

— Oui, j'en ai un… avec toi!

Presque étourdie par le déroulement des événements, Paola eut tôt fait de s'asseoir.

— Ce sera une glace pour elle et un autre café pour moi, mentionna Monsieur Jacquot à la serveuse.

— Pourquoi n'y a-t-il personne à votre table aujourd'hui?

— Parce que je savais que tu viendrais et que moi aussi je me suis levé ce matin avec l'envie de discuter avec toi. Comme je pars bientôt, j'ai pensé que ce serait le bon moment.

— Vous allez quitter le village?

— Oui. Je dois poursuivre ma route. Tu sais, je ne reste jamais très longtemps au même endroit.

— Je ne vous reverrai plus?

— Mais oui, Paola, nous nous reverrons, et tous les jours si tu le souhaites.

— Comment, si vous n'êtes plus là?

— Tu verras, je t'expliquerai un peu plus tard.

— Pourquoi les personnes qui s'asseyent à votre table vous quittent presque toujours avec le sourire?

— Je leur raconte la vie et les conduis en voyage.

— Il doit être vraiment beau le pays que vous visitez!

— C'est le plus beau qui soit, celui de l'intérieur,

celui qui meuble ton cœur, celui de l'univers tout entier. Souvent les gens désirent me rencontrer parce qu'ils ressentent un vide intérieur, un vide dans leur vie. Pour d'autres, c'est tout le contraire. Ils ont un trop-plein d'énergie et de sensibilité au cœur et ont énormément de difficulté à comprendre le comportement des gens autour d'eux qui fonctionnent comme des robots qui, chaque jour, se lèvent à la même heure et effectuent les mêmes tâches sans trop se poser de questions. Ils répètent sans cesse le même parcours.

— Mais vous aussi, c'est ce que vous faites. Chaque jour, vous êtes là, assis à la même table, à boire le même café!

— Tu as raison et j'en suis fort heureux parce que cela me donne la chance de rencontrer de gentilles personnes comme toi et de faire de merveilleux voyages. Jamais je ne me lasse puisque cette routine, s'il en est une, s'inscrit dans ma route de vie, qui me conduit à la rencontre de toutes les Paola de la terre.

— Qu'est-ce que la route de vie?

— C'est la route de ton cœur. Une fois que tu l'empruntes, tu ne veux plus jamais la quitter. Cette route te conduit tout droit vers la lumière et la joie, même si certains jours la vie se fait un peu plus difficile.

— Et à quel moment avez-vous trouvé votre chemin de vie?

— Il y a de cela bien des années, au temps où je me promenais de village en village à la recherche de ce que l'on appelle « la pierre angulaire de la vie », ce par quoi la vie prend tout son sens. C'est d'ailleurs ici même que tout a débuté, dans ce café et à cette même table. J'avais réservé à l'époque l'une des deux chambres en haut du café. Regarde, c'est celle avec les volets bleus. C'est cette même chambre que j'occupe présentement. Par un beau matin, j'eus la chance de croiser une jeune enfant assez extraordinaire. Elle avait d'ailleurs les yeux presque aussi brillants que les tiens. C'est en discutant avec cette jeune demoiselle que m'est venue l'idée de ce petit dessin. Imagine une boîte.

— Puis-je la dessiner?

— Oui, tiens, prends mon crayon. Tu n'as qu'à tracer un carré.

— Comme celui-ci?

— Oui, c'est bien. Cette boîte ou ce carré représente la société et tout ce qui est boulot, dodo, robot, maison, etc. Beaucoup de gens fonctionnent dans cette boîte. Remarque que j'emploie le verbe fonctionner puisqu'on ne peut pas vraiment vivre à l'intérieur de cette boîte sans y ressentir un vide intérieur, pour ne pas dire un vide au cœur. Par contre, vu de l'extérieur, tout paraît normal dans la vie de ces personnes.

Ensuite, trace une ligne vers la droite en partant de la boîte :

et, au bout de cette ligne, une espèce de spirale d'énergie :

— Comme ça?
— Pas mal! Tu es meilleure que moi en dessin! Il y a également beaucoup de gens dans la spirale. Au contraire de ceux qui réussissent à bien fonctionner dans la boîte, les gens qui demeurent dans la spirale ont énormément de difficulté à

fonctionner à l'intérieur des règles que leur impose la société. Ils ont un trop-plein de sensibilité et d'énergie au cœur et deviennent souvent rebelles ou marginaux. Dans la spirale aussi, il y a des gens qui ressemblent à des robots. Disons qu'on les remarque peut-être un peu plus facilement puisqu'ils affichent leur marginalité de façon parfois surprenante et la société a tendance à les tenir à l'écart.

Les personnes ayant une grande sensibilité trouvent parfois très difficile de vivre dans la boîte ou de rester dans la spirale. Certaines se tournent vers les drogues ou l'alcool pour noyer leur peine de vie. On dira d'elles qu'elles ont de la difficulté à « gérer » leurs émotions alors qu'elles ont plutôt de la difficulté à maîtriser leur sensibilité. Dans un tel cas, la sensibilité devient un défaut. Que nous soyons dans la boîte ou dans la spirale, il est important de suivre la voie que nous dicte notre cœur. C'est lorsque nous ne la suivons pas que nous fonctionnons comme des robots.

Tous les enfants du monde naissent dans la spirale. Ce qui les protège, c'est d'abord leur monde d'enfants qui n'a que faire de la boîte. Il y a aussi leur imagination qui leur permet de voyager dans leur tête et dans leur cœur. Je pense d'ailleurs que tu es experte en la matière.

— Ça m'arrive!

— T'est-il déjà arrivé de te comporter comme les autres même si cela était contraire à ce que te dictait ton cœur?

— Je pense que oui.

— Qu'as-tu fait alors?

— Bien, un de mes amis se battait et les autres l'encourageaient. Je sentais que ce n'était pas correct, mais j'ai fait pareil. Moi aussi, je l'ai encouragé.

— Comment t'es-tu sentie?

— Pas très fière!

— Connais-tu l'histoire de Jack le chat et de Koukie la souris?

— Non. Est-ce que c'est votre histoire et celle d'une souris?

— Non, non, le chat a le même prénom que moi, mais bon! Aimerais-tu que je te la lise?

— Bien sûr!

— D'accord! Attends que je la sorte de mon sac.

JACK ET KOUKIE

Il était une fois un chat du prénom de Jack et une souris appelée Koukie. Tous deux habitaient une grande maison de style victorien avec de belles grandes fenêtres, de beaux planchers en bois franc et un escalier en colimaçon.

Koukie fut la première à s'y installer. Après avoir quitté ses parents, elle parcourut monts et vallées — pour une souris, cela équivaut à deux ou trois pâtés de maisons — dans l'espoir de trouver une nouvelle demeure. C'est alors qu'elle arpentait une rue nouvellement construite qu'elle aperçut cette belle grande demeure. Elle réussit à s'y introduire en se faufilant dans une fissure au sous-sol. « Wow, que c'est beau ici! » se dit-elle, en y mettant les pattes pour la première fois.

Pour Jack, le chemin fut quelque peu différent. Venu au monde accompagné d'une bonne dizaine de frères et sœurs, il n'eut pas la chance d'être adopté tout de suite. Il dut subir le trauma-tisme de la fourrière. Chanceux malgré tout, il fut choisi parmi plusieurs autres chatons par sa nouvelle famille.

Koukie avait déjà entendu parler des chats, mais n'en avait jamais rencontré un auparavant. Ses parents lui avaient appris à s'en méfier parce qu'ils étaient dangereux. Koukie n'a pas du tout eu cette impression la première fois qu'elle croisa Jack. Il était alors tout petit et avait l'air plutôt mignon.

Jack, de son côté, trouvait amusant d'avoir une nouvelle amie. Il constata rapidement que Koukie n'avait rien de bien menaçant et, de toute façon, la maison était bien assez grande pour lui et ces cinq centimètres carrés de poils blancs.

Malgré leurs différences, l'un comme l'autre avaient le sentiment qu'ils pourraient devenir de bons amis. Koukie connaissait pas mal de blagues et n'arrêtait pas de faire rire Jack aux éclats. Une pitrerie n'attendait pas l'autre.

Toutefois, un doute subsistait dans leur tête. Koukie rêvait parfois aux histoires que ses parents lui avaient racontées à propos des méchants chats. Jack se rappelait des récits entendus à la fourrière, là où les plus forts battaient les plus faibles. Certains pavoisaient en racontant leurs histoires de chasse concernant des oiseaux, des souris, et parfois même des chiens.

C'est ainsi que Jack et Koukie devinrent les meilleurs amis du monde. Ils s'inventèrent de nombreux jeux et apprirent chacun la langue de l'autre. Cela ne devait toutefois pas durer. Hélas!

Une fois adulte, Jack reçut la permission de sortir à l'extérieur. Ce fut tout un choc! La réalité au dehors eut tôt fait de lui rappeler celle de la fourrière où la loi du plus fort régnait en maître.

Il dut d'abord se battre pour protéger sa cour arrière, puis ce fut la rue et, enfin, le quartier tout entier. Un véritable sentiment de puissance l'animait tout en ressentant aussi du dégoût. Jack n'avait plus l'occasion de jouer avec son amie Koukie et s'ennuyait beaucoup de l'époque où tous deux rigolaient ensemble.

Jack était devenu ce que l'on attendait de tout bon chat digne de porter ce nom! Son amitié avec Koukie avait beaucoup changé et celle-ci en était bien attristée. Au-delà du fait qu'elle n'avait plus de compagnon de jeu, Koukie voyait bien que son ami n'allait pas bien. D'enjoué qu'il était, Jack était devenu morne, grincheux et ne souriait plus.

Or, le bruit courait de plus en plus dans le quartier que Jack avait une souris pour amie. Lui qui était craint par les uns et respecté par les autres eut vent de ces racontars. Ne voulant pas s'en laisser imposer, il décida de passer à l'action.

Alors qu'elle vaquait à ses occupations, Koukie eut la surprise de se sentir menacée par Jack.

Le regard vif accompagné de la posture d'attaque de ce dernier alarma Koukie. Elle qui se croyait en sécurité dans la maison fut rapidement coincée dans le hall d'entrée. Les crocs bien acérés, Jack s'apprêtait à avaler Koukie d'une seule bouchée. Un véritable combat se déroulait toutefois entre la tête et le cœur de Jack. Son cœur lui criait d'arrêter alors que sa tête et son orgueil de chat lui dictaient d'attaquer, que c'était dans sa nature et qu'il fallait qu'il en soit ainsi.

Au moment d'abattre sa proie, Jack se vit, dans le miroir qui ornait le mur contre lequel était adossée Koukie, en train de montrer les crocs à son amie; ce fut pour lui un choc terrifiant. Koukie eut la vie sauve grâce au miroir. En agissant en conformité avec la vision de son entourage, et ce, malgré ce que son cœur lui dictait, Jack avait presque tué sa meilleure amie…

〜 ✿ 〜

— Vois-tu, Paola, on doit faire une distinction entre nature, personnalité et caractéristique. Par exemple, la nature humaine permet aux hommes et aux femmes de se distinguer par rapport aux animaux alors que leur personnalité leur permet de se distinguer entre eux. Quant aux caractéristiques, elles sont autant de manteaux que l'on porte et que l'on change au gré des saisons.

— Mais, Monsieur Jacquot, c'est normal pour un chat de chasser!

— Oui, Paola, mais ça ne l'est pas de tuer son amie. Il est souvent plus facile de faire le choix des autres et d'entrer dans le moule par peur d'être exclu que de suivre la voie de son cœur. Dès lors, on en oublie sa propre personnalité. Il est parfois pas mal plus difficile de vivre sa vie en fonction de sa nature et, surtout, en fonction d'une personnalité et de caractéristiques moulées au gré de ses qualités de cœur.

— Qu'est-il arrivé à Jack et Koukie par la suite?

— Plutôt que de cacher son amitié pour Koukie, Jack enseigna à ses amis chats qu'il était tout à fait possible d'être l'ami d'une souris ou d'autres espèces d'animaux et que, si l'on oublie les différences, il y a parfois beaucoup de plaisir à partager. Bref, il s'est tout simplement tenu debout et a travaillé de façon à créer l'harmonie dans son quartier plutôt que de jouer les matamores.

Dans ton cas, peut-être y avait-il d'autres enfants qui, comme toi, croyaient que ce n'était pas correct que ton ami se batte. Si tu avais dénoncé cette bataille, peut-être bien qu'ils auraient fait comme toi. C'est un peu de cette façon qu'on évite les guerres.

⊚⊚⊚

— Veux-tu que nous terminions le dessin de la boîte et de la spirale maintenant?

— Oui! Vais-je pouvoir continuer à dessiner?

— Pas de problème, tu es bien meilleure que moi en la matière.

Il y a un point de rencontre entre les gens qui vivent dans la boîte et ceux qui vivent dans la spirale, et c'est le point milieu. Celui-ci est ce que l'on appelle le point d'équilibre. Fais simplement un petit trait au milieu de la ligne horizontale.

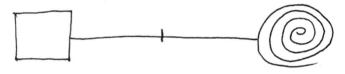

— De cette façon?

— Exactement. Pour la très forte majorité, c'est l'ego qui empêche les uns d'ouvrir la boîte pour se diriger vers le point d'équilibre et c'est ce même ego qui fait que les autres dans la spirale refusent d'apprivoiser les règles de la boîte et de se rapprocher, eux aussi, du point milieu.

— Qu'est-ce que l'ego, Monsieur Jacquot?

— Qu'est-ce que l'ego? C'est là une grande question. Attends que j'y pense un peu. Hum! Connais-tu la légende des trois tirelires?

— Non, pourquoi?

— Je pense que cette petite légende t'aidera à comprendre ce qu'est l'ego. Laisse-moi fouiller dans mon sac... Voici :

LES TROIS TIRELIRES

Selon cette légende, chaque enfant reçoit à sa naissance trois tirelires en son cœur, soit celle de l'avoir, celle du savoir et celle du partage. Les tirelires de l'avoir et du savoir représentent le mauvais ego alors que celle du partage représente le bon ego.

Les enfants qui choisissent la tirelire de l'avoir auront tôt fait d'y inclure tous les cadeaux que la vie leur offre à la naissance : les dons, les talents et les qualités. Ils y ajouteront ensuite les cadeaux de leurs parents et amis. Par exemple, un compliment peut très bien se retrouver dans la tirelire de l'avoir. En vieillissant, cette même tirelire nous permet d'y inclure tout ce qui concerne les biens matériels, du premier vélo à la moto en passant par la grosse voiture et la maison.

La tirelire du savoir permet, quant à elle, de garder pour soi toutes les connaissances que l'on acquiert au fil de sa vie, notamment les connaissances sur les sciences, les philosophies, les religions, etc. À ces connaissances s'ajoutent celles acquises à l'école ou dans le cadre de ses expériences de travail.

La tirelire du partage, au contraire des deux autres, permet de conserver seulement ce qui est nécessaire et de partager autant ses biens matériels que ses connaissances.

Chacune des trois tirelires possède une ouverture en dessous. Dans le cas de l'avoir et du savoir, cette ouverture se nomme l'orgueil. L'ouverture de l'orgueil permet de souffler de l'air dans la tirelire pour la gonfler de plus en plus. Cette ouverture ne permet donc pas d'en retirer le contenu, mais plutôt de grossir la tirelire pour emmagasiner davantage de biens et de connaissances. L'orgueil est nécessaire pour qui choisit les tirelires de l'avoir et du savoir puisque celles-ci deviennent rapidement trop petites pour contenir tous les cadeaux que la vie nous offre. Certaines personnes gonflent leurs tirelires à un point tel qu'elles en perdent de vue leur chemin de vie. On respecte ces personnes pour ce qu'elles font et non pour ce qu'elles sont. Il y a aussi des gens qui, n'ayant que peu de chose dans leur tirelire, utilisent l'orgueil pour la gonfler le plus possible et impressionner le voisinage.

L'ouverture de la tirelire du partage se nomme l'humilité. L'humilité est synonyme de paix de l'âme et fait en sorte que l'on déballe ses cadeaux un à un, lesquels on aura tôt fait de partager. L'humilité permet aux gens de garder en tête que, bien qu'ils puissent être privilégiés par rapport à d'autres, ils n'en sont pas pour autant meilleurs. L'avoir et le savoir prennent force dans le partage. Il y a des gens qui possèdent peu et qui partagent tout. Ils ont peu dans leur tirelire, mais ils ont beaucoup en leur cœur. Aussi, il ne faut pas oublier qu'il y a des personnes qui ont le privilège d'avoir et de savoir beaucoup de choses, mais qui ont également le désir et le besoin de partager.

Selon la légende, chaque personne sur terre a en son cœur ces trois tirelires, et ce, toute sa vie durant. Les tirelires de l'avoir et du savoir sont là, aux aguets, attendant le moindre faux pas de notre part pour grossir davantage.

Ce sont toujours nos intentions ou nos motivations derrière une acquisition de biens ou de connaissances qui déterminent dans quelle tirelire ira le nouveau contenu.

Les gens ne s'aperçoivent pas toujours de la taille de leur ego. Certains confondent parfois la confiance en soi et l'ego, comme si le second était absolument nécessaire au premier. Les gens qui valorisent l'ego oublient que la finalité de leur vie sur terre est de grandir et de se rapprocher de la lumière. Or, nul ne peut s'approcher de la lumière s'il est précédé de son ego.

— Pourquoi?

— Tout simplement en raison des intentions que cachent l'ego du savoir et de l'avoir. Le monde de la lumière est un monde de pureté. Il faut donc que les gens aient des intentions pures afin d'y accéder.

Avec la tirelire du partage, non seulement nous nous assurons d'avoir de bonnes intentions, mais c'est aussi comme si nous retournions nos cadeaux à l'univers qui aura tôt fait de nous les renvoyer, et ce, en plus gros, en plus beaux et, surtout, avec un éclairage différent sur notre route de vie.

Se laisser guider par le mauvais ego et l'orgueil équivaut à rouler à vive allure sur l'autoroute tous phares éteints. Compte tenu du rythme de la vie d'aujourd'hui, ils sont nombreux à faire des embardées. Les gens qui cultivent l'ego de l'avoir et du savoir en arrivent à perdre leur connexion avec la Source.

— Est-ce que vous parlez de la connexion avec Dieu?

— Certains l'appellent ainsi. C'est selon les croyances, la religion et la culture de chacun.

— Que doit-on faire avec nos tirelires, Monsieur Jacquot? Moi, j'aime bien faire danser les pièces dans la mienne à l'occasion. Dois-je la casser?

— Bien, pour ce qui est de ta tirelire à la maison, tu n'as pas à la casser à moins que tu ne souhaites t'acheter quelque chose. Par contre, pour ce qui est des trois tirelires de l'ego, tu dois faire preuve de vigilance. Nul n'est à l'abri d'erreurs, mais plus tes intentions et tes motivations seront pures, plus tu utiliseras la tirelire du partage.

— Moi, je pense que je vais trouver une façon de boucher les ouvertures des tirelires de l'avoir et du savoir.

— Fais attention puisque ces deux tirelires ont tout de même un rôle important à jouer. Si tu bouches leur ouverture de l'orgueil, cela signifierait que tout irait dans la tirelire du partage, même si les intentions sont mauvaises.

— Hum, d'accord!

— Pour ajouter une petite note sur l'humilité,

connais-tu cette fête qu'on l'on appelle « l'Action de grâces » ?

— Non!

— Cette fête marque une pause au cours de laquelle on dit simplement : « Merci la vie! » L'humilité permet d'introduire « l'Action de grâces » dans notre quotidien et d'apprécier davantage les cadeaux que la vie nous offre.

T'est-il déjà arrivé d'offrir un cadeau à une personne et de sentir que celle-ci ne l'appréciait pas vraiment?

— Hum! Bah oui.

— Et quelle fut ta réaction?

— Je n'ai plus eu envie de lui faire d'autres cadeaux.

— Eh bien, c'est pareil pour la vie! Plus tu en apprécies les cadeaux, plus elle a envie de t'en donner d'autres. Le jour où tu cesses d'apprécier ses cadeaux, elle aussi perd le goût de t'en faire!

— Mais, Monsieur Jacquot, est-ce que cela signifie que les gens pauvres apprécient moins les cadeaux que la vie leur fait?

— « Pauvres de biens matériels » ne signifie pas nécessairement « malheureux dans la vie », Paola. Il y a des gens qui ont plus de biens matériels qu'il n'en faut, mais qui sont malheureux comme les pierres. D'autres n'ont presque rien à se mettre sous la dent mais ont toujours le sourire aux lèvres, heureux qu'ils sont d'apprécier la vie dans ses moindres détails. Comme je te le disais auparavant, quelqu'un qui a peu dans sa tirelire mais qui en partage le contenu reçoit l'abondance en son cœur.

Tu sais, il y a de cela très longtemps, je me suis interrogé sur les raisons expliquant pourquoi certaines personnes respiraient le bonheur et d'autres pas. En m'y attardant un peu, je constatai que les gens heureux étaient ceux qui appréciaient ce qu'ils avaient plutôt que de toujours se concentrer sur ce qu'ils ne possédaient pas encore. Cela paraît tout simple, mais ça se complique drôlement lorsque le mauvais ego nous incite à accumuler toujours plus de biens et de connaissances dans le but de pavoiser par la suite.

Garde en tête qu'il y a autant de gens dans la boîte que dans la spirale qui cultivent l'ego de l'avoir et du savoir. À première vue, si le mauvais ego est plus frappant chez les gens qui vivent dans la boîte, il n'en est pas moins important pour ceux qui vivent dans la spirale. Par exemple, certaines personnes qui se disent très élevées spirituellement ont un très mauvais et très gros ego. Or, l'essence même de la spiritualité est d'être une bonne personne, sinon de travailler à le devenir. Rien ne sert de faire la grosse tête avec cela.

Dans le même ordre d'idées, un professeur qui enseigne avec son ego fera étalage de ses connaissances; il ne les partagera pas. Au contraire, celui qui enseigne avec humilité partagera son savoir et conservera cette faculté essentielle à tout bon enseignant, soit celle d'apprendre de l'élève. Le jour où un enseignant cesse d'apprendre de ses élèves, il perd alors l'essence de ce qu'il est, c'est-à-dire une source à laquelle s'abreuvent ceux et celles qui ont soif d'apprendre. Or, une source qui cesse de s'alimenter aura tôt fait de s'assécher.

ⓖⓖⓖ

Est-ce que ça va?

— Oui, oui! Je suis juste en train de réfléchir à ce que tu viens de dire. Oups! Est-ce que je peux vous tutoyer?

— Bien sûr, Paola. Nous sommes des amis maintenant, mais revenons à la boîte si tu le veux bien.

— D'accord.

— Lorsque tu prends conscience de la boîte et de la spirale, l'étape suivante consiste à te diriger vers le point milieu. Une fois ce point milieu atteint, tu construiras alors la base qui prend la forme d'un triangle :

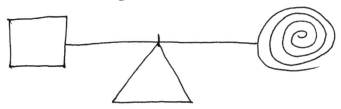

— Comme cela?

— Oui! On dirait que tu as déjà fait ce dessin avant aujourd'hui.

— Bah! Je dessine souvent chez moi.

— Tu verras que, certains jours, tu seras en équilibre et d'autres pas, étant un peu plus dans la spirale ou un peu plus dans la boîte. Cela variera constamment selon les événements et tes humeurs, un peu à la manière d'un balancier. Il en sera ainsi tant que tu ne passeras pas à l'étape suivante, qui consiste à solidifier la base sous la ligne d'horizon. Ajoute des lignes verticales entre la ligne d'horizon et le triangle. Prends ma règle pour t'aider.

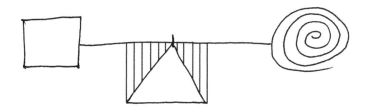

Regarde maintenant et imagine le dessin en trois dimensions.

— On dirait un chemin, Monsieur Jacquot.

— Tu as raison. Il s'agit du chemin vers la lumière. Comme l'a déjà dit le célèbre Bouddha, le chemin vers la lumière se situe au milieu, entre les deux extrêmes.

Et il y a plus encore. Une fois l'équilibre atteint et appuyé sur une base très solide, se pointe alors un escalier, puis une échelle. Tiens, si tu le permets, je vais dessiner cette partie :

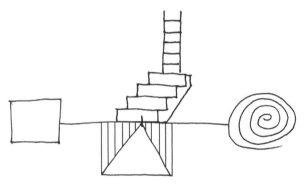

L'escalier et l'échelle apparaissent aux personnes qui se pointent le bout du nez précédées du bon ego. Cet ego prend alors la forme d'un manteau que nous laissons au vestiaire avant d'entrer dans la maison. L'escalier et l'échelle sont invisibles pour ceux qui sont précédés d'un mauvais ego.

On dit souvent que les enfants sont de véritables petites lumières; eh bien, c'est parce qu'ils n'ont que peu ou pas de mauvais ego. Ils ont donc plus facilement accès à la lumière. Lorsqu'on dit d'une personne qu'elle a conservé son cœur d'enfant, cela signifie qu'elle a conservé un peu de cette lumière que je vois à l'instant dans tes yeux. C'est la lumière du cœur.

Est-ce que ça va jusque-là? As-tu des questions?

— Non, non, ça va bien.

— Surtout, n'hésite pas.

— Merci, ça va.

— Je vais donc terminer le dessin.

Tiens, regarde maintenant. Voici une boîte formée de la même ligne que la spirale, mais cette boîte demeure ouverte :

C'est une personne à qui je présentais mon croquis de la boîte et de la spirale qui m'a présenté ce dessin. Sur le coup, je n'ai pas trop su quoi en penser. C'est un peu plus tard que j'ai compris que le véritable défi de chacun sur terre consiste à rester soi-même, à suivre SA voie tout en apprivoisant les règles de la troisième dimension, les règles de la boîte. Et la grande différence ici réside dans le fait que la boîte demeure ouverte. Un esprit libre ne peut vivre heureux à l'intérieur d'une boîte fermée, d'où l'importance de se respecter et de tout faire pour la garder ouverte.

Comme je te le disais auparavant, la majorité des gens qui ont défilé à ma table ces deux dernières semaines souhaitaient entendre parler de la boîte et de la spirale en raison de leur vide intérieur ou de leur difficulté à composer avec les règles de la boîte.

— Et ils repartent presque toujours avec le sourire!

— Pas toujours, mais assez souvent. Ce qu'il y a de certain, c'est qu'ils repartent avec plein de questions en tête. Parmi les questions soulevées, il y a celle de l'argent. Certaines personnes craignent l'idée même de quitter la boîte en pensant aux conséquences financières et à toute l'insécurité que cela provoquerait. Elles considèrent l'exercice comme très risqué. Or, à côté du mot abandon, il y a le mot abondance.

Celui qui suit son chemin de vie reçoit l'abondance en son cœur. Plus il y aura de gens qui emprunteront leur chemin de vie en prenant connaissance des règles de la boîte et en les respectant, plus on pourra corriger lesdites règles du jeu de manière à les rapprocher davantage des besoins de l'humanité et de tous les royaumes — minéral, végétal, animal et imaginaire — qui nous entourent.

Quant aux répercussions financières, elles sont une illusion puisqu'il ne s'agit pas tant de quitter la boîte que de la garder ouverte afin de libérer l'esprit. Ne pas réussir sa vie constitue à mon sens un risque bien plus grand que celui de ne pas réussir dans la vie. Par ailleurs, on peut très bien réussir les deux à la fois.

— Chez nous, c'est maman qui s'occupe des sous. Avant, c'étaient elle et papa ensemble.

— Ton papa te manque beaucoup, n'est-ce pas?

— Il manque à tout le monde, mais oui, je m'ennuie pas mal de lui. J'aimerais qu'il soit assis avec nous pour parler.

— Ton papa n'est peut-être pas aussi loin que tu le crois, chère Paola.

— Que veux-tu dire, Monsieur Jacquot?

— Je ne peux t'en dire trop pour l'instant, mais tu verras un peu plus tard. Dis-moi, que représente la boîte pour toi?

— Pour moi, ce sont les parents qui travaillent trop et c'est l'école qui nous donne trop de travaux à faire à la maison. Nous n'avons plus le temps de jouer. En plus, des fois, c'est vraiment ennuyeux ce qu'on nous enseigne à l'école. Je pense qu'on devrait nous apprendre davantage sur la façon de rester nous-même et sur les règles de la boîte. Aussi, les enfants devraient participer aux changements de ces règles. On aurait un jeu de société pas mal plus amusant.

— Ce qu'il y a de malheureux aujourd'hui, c'est qu'on pousse les enfants beaucoup trop vite dans la boîte. Les parents vivent à un rythme effréné et ont parfois tendance à imposer ce rythme à leurs enfants. De leur côté, les professeurs ont souvent trop d'élèves et ont énormément de difficulté à suffire à la tâche. Tout le monde fonctionne sous pression et les adultes, parents ou enseignants, sont parfois trop exigeants à l'égard des enfants.

Si dans certains pays l'école représente toujours l'espoir d'une vie meilleure, elle est devenue pour plusieurs enfants du monde une grosse boîte à produire de futurs employés. Selon ce que j'entends ici et là, les règles sont de plus en plus strictes dans les écoles. C'est comme s'il fallait que tous les enfants soient doués, dociles et toujours attentifs. De nos jours, les enfants n'ont plus l'air de s'amuser beaucoup à l'école, je crois!

— Bah! Ça dépend beaucoup du professeur.

— Et comment c'était avec ton professeur, cette année?

— Plutôt bien. Elle était très gentille. Mais on dirait que plusieurs adultes ont oublié qu'ils ont déjà été enfants. C'est en tout cas ce que ma mère dit souvent lors des rencontres avec les professeurs.

— Autrefois, le monde des adultes et celui des enfants étaient davantage séparés. Les enfants étaient un peu plus épargnés de la dureté du monde adulte et surtout de son rythme. Ils se frottaient au monde adulte à l'adolescence. De là, ce que les gens appellent « la crise d'adolescence! » Aujourd'hui, on devrait plutôt parler de « la crise de l'enfance », tellement les enfants se heurtent de plus en plus jeunes au monde adulte.

— Moi, je pense que c'est bien que les deux mondes soient proches. C'est juste qu'il faudrait que les adultes écoutent plus les enfants.

— OK, mais parlant d'écoute, est-ce qu'il t'arrive d'avoir mal aux oreilles?

— Oui!

— Savais-tu que lorsque nous avons mal aux oreilles, c'est que nous n'avons pas écouté quelqu'un ou qu'il y a quelque chose que nous ne voulons pas entendre?

— Ce n'est pas vrai! De toute façon, j'écoute, moi!

— Toujours?

— Bah, pas toujours, mais presque!

— La prochaine fois que tu auras mal aux oreilles, écoute ce que te dit ton cœur!

— Oui, mais si c'était vrai, il y aurait une bande d'adultes qui auraient mal aux oreilles.

— Là, tu viens de marquer un gros point, mais peut-être que les adultes ont plutôt mal à l'orcille du cœur.

— Ça veut donc dire qu'on doit leur déboucher

trois oreilles! Ça en fait beaucoup…

— Connaîtrais-tu par hasard l'histoire de Sohïana, la petite princesse qui est née non seulement avec deux oreilles sur la tête, mais aussi avec une oreille au cœur?

— Non!

— Aimerais-tu que je te la raconte?

— Bah, oui!

 ## SOHÏANA

Il était une fois une petite princesse du nom de Sohïana. À sa naissance, au cours de la nuit, un événement extraordinaire se produisit. Alors que la lune était pleine, le soleil se pointa le bout du nez avec son plus beau sourire. Tous deux se donnèrent l'accolade pour se féliciter de la venue de cette nouvelle enfant sur terre.

Son père, le roi, et tous les habitants du royaume furent bouleversés. Tous se doutaient bien que l'enfant qui venait de naître serait différente des autres.

À peine sortie du ventre de sa mère, la reine, la petite princesse souriait à tout le monde. Or, quelle ne fut pas la surprise de la reine de constater que sa fille avait non seulement deux oreilles placées de chaque côté de la tête, mais aussi une petite oreille collée sur le cœur! Embêtée, la reine ne savait trop comment annoncer la nouvelle au roi. En plus, personne ne savait ce que cela signifiait pour l'enfant.

La reine en avisa tout de même le roi, qui choisit de ne pas trop s'en inquiéter. Le temps saurait bien lui dire si cette petite oreille sur le cœur allait ou pas causer des problèmes à l'enfant. Avec la venue du soleil en pleine nuit, il se disait qu'il devait bien y avoir quelque chose de magique en elle. Le roi et la reine décidèrent de l'appeler Sohïana, ce qui signifie « le cœur qui écoute ».

Sohïana grandit normalement quoique, certains jours, cela n'allait vraiment pas bien. Elle était parfois victime de sérieuses poussées de fièvre qui survenaient et disparaissaient sans que personne ne sache pourquoi. Les médecins ne pouvaient poser un diagnostic valable, eux qui n'avaient jamais vu une enfant avec une oreille sur le cœur.

Moins de deux ans après sa naissance, Sohïana fut aux prises avec une poussée de fièvre qui alla en s'intensifiant. Devant l'impuissance des médecins, la reine implora le ciel de venir en aide à sa fille. C'est alors qu'une fée, que la reine ne pouvait voir, lui donna un petit coup de baguette sur le nez tout en lui glissant à l'oreille : « Reine, votre fille est venue sur terre pour enseigner aux gens à écouter leur cœur. Pour recouvrer la santé, elle doit donc être entourée de gens qui écoutent leur cœur. »

En y réfléchissant un peu, la reine fut surprise de constater que cette dernière poussée de fièvre débuta le jour où le roi décida d'augmenter les impôts des paysans et d'aller en guerre contre le royaume voisin. La reine passa immédiatement à l'action et s'empressa de rejoindre le roi sur le lieu des combats pour lui demander de tout arrêter. Celui-ci ne voulut rien entendre. Il lui répondit que toutes ces histoires n'étaient que des balivernes issues de son imagination.

Les jours passèrent et la santé de Sohïana se détériorait de plus en plus. La reine demanda alors à la fée d'intervenir auprès du roi puisqu'elle-même n'avait pas réussi à lui faire entendre raison. La fée accepta avec empressement et passa toute la nuit à élaborer un plan avec l'aide de ses amis du monde imaginaire. Devant l'urgence de la situation, elle demanda l'intervention des dragons.

Au matin, lorsque le roi et ses soldats ouvrirent les yeux, ils s'aperçurent que chacun avait un tatouage sur le cœur représentant un dragon dont la queue se terminait par une oreille. Le roi pensa aussitôt que lui et son armée étaient bénis des dieux, mais il n'en était rien.

Le roi étant un peu beaucoup sourd du cœur, les fées se mirent à plusieurs pour lui crier dans chacune de ses oreilles : « Tu dois écouter ton cœur, sinon il va s'assécher! » Les petites fées avaient eu beau crier de toutes leurs forces, le roi ordonna à ses soldats de préparer les combats. C'est alors que sa surprise fut grande. Tous souffraient d'une vive douleur au cœur et c'est à peine s'ils pouvaient se tenir debout.

Perplexe, le roi retourna au château pour interroger sa femme, qui était au chevet de sa fille. « Reine, qu'as-tu fait? » demanda le roi d'un ton ferme.

— Mais je n'ai rien fait, répondit la reine.

— Mes soldats ne peuvent plus combattre, et regarde ce dragon. Quelqu'un me l'a tatoué sur le cœur durant mon sommeil.

— Mais je n'en sais rien!

— Mon cœur brûle dès que je pose la main sur mon épée.

— Peut-être que le ciel ne veut plus que tu combattes?

C'est alors que Sohïana, qui n'avait encore jamais prononcé mot, poussa un soupir et dit : « Papa, tu dois écouter ton cœur et te laisser guider par lui; sinon, tu le perdras à jamais et je vais mourir. »

Sohïana se rendormit. Sous le choc, le roi se rappela la venue du soleil aux côtés de la lune durant la nuit où naquit son enfant. Cette fois, le message fut entendu. Le roi ordonna à ses soldats de rentrer chez eux et présenta ses excuses au roi voisin tout en le dédommageant pour les pertes causées par la guerre. Il s'empressa aussi de baisser les impôts des habitants à un niveau inférieur à ce qu'il était avant la dernière poussée de fièvre de Sohïana. À partir de ce jour, toutes les actions et les pensées du roi furent guidées par son cœur et tous les paysans du royaume l'imitèrent.

Par la suite, les gens vinrent de partout pour comprendre ce qui s'était passé et pour apprendre à écouter leur cœur. C'est ainsi que, de jour en jour, tous les habitants de la terre décidèrent de suivre la voie de leur cœur.

La pureté de cœur de l'ensemble des

habitants du royaume permit à Sohïana de grandir tout à fait normalement. Elle devint reine, se maria et eut de nombreux enfants avec une petite oreille collée sur le cœur.

Est-ce que ça veut dire qu'on a tous une oreille au cœur, Monsieur Jacquot?

— Oui, et comme tu l'as dit plus tôt, on doit parfois la déboucher. Qui sait? Peut-être bien que Sohïana fait partie de tes ancêtres.

— Je ne sais pas.

— J'ai une question pour toi : d'après toi, qu'est-ce qui est plus important? Apprendre à manger avec une cuillère ou à jouer avec elle?

— Bah, je dirais que c'est d'apprendre à jouer avec elle, tout en mangeant!

— Tu es trop brillante toi, dis donc!

— Merci!

— Je m'attendais à tout, mais sûrement pas à cette réponse.

— J'imagine que, si les enfants écoutent leurs parents, ils apprennent à se servir de la cuillère et, si les parents écoutent les enfants, ils apprennent à jouer avec elle.

— On se retrouve donc avec des gens qui s'amusent à table! Ce qu'il y a de certain, c'est que s'il est du propre des enfants de se salir, ils sont des experts pour ce qui est de jouer avec un rien.

— Hé oui!

— J'ai une autre question : t'arrive-t-il de ressentir les humeurs de tes amis?

— Ça, oui! J'ai juste à les regarder. C'est assez facile de sentir quand mes amis ne vont pas bien.

— Que fais-tu alors?

— J'essaie de les distraire. Je ne peux pas dire que ma professeure appréciait tellement. Elle m'a donné quelques travaux supplémentaires pour avoir trop parlé ou rigolé en classe. C'était un peu curieux comme situation, mais, avec le temps, j'ai appris à faire un peu plus attention à ne pas déranger la classe et à éviter de me faire prendre.

— Je pense que tu fais un peu plus que ressentir les gens. Est-ce qu'il t'arrive de voir de la couleur ou de la lumière autour des gens, sinon autour de leur tête?

— Tu veux parler des bulles?

— On peut effectivement appeler cela une bulle. Est-ce que tu en vois?

— Juste des fois. Moi, je n'aime pas quand quelqu'un que je ne connais pas s'approche trop de ma bulle. Quand je connais bien la personne, ça va, sinon j'ai de la difficulté, et tu sais quoi?

— Quoi?

— Contrairement à ma professeure de cette année, celle de l'an passé ne respectait pas les bulles. C'est pourtant sacré une bulle. On dirait que parce qu'elle ne respectait pas la bulle des élèves, plusieurs étaient portés à agir comme elle. J'avais pas mal de difficulté à rester concentrée en classe.

— Tu sais, les enfants prennent souvent les adultes pour modèle. Or, si un enfant est entouré d'adultes qui ne respectent pas la bulle des autres, il sera tenté de faire de même. Certaines personnes peuvent littéralement se sentir agressées si l'on entre sans permission dans leur bulle. Tu dois garder en tête que ce n'est pas toutes les personnes qui peuvent voir ou sentir les bulles. C'est alors plus difficile pour elles de respecter la bulle des autres.

— Peut-on leur montrer comment?

— Sûrement. Il suffit de leur enseigner à écouter leur cœur. Ce faisant, elles deviennent plus attentives aux autres.

— Il faut donc leur déboucher l'oreille du cœur comme l'a fait Sohïana avec le roi?

— Tu as tout compris. Par contre, cela ne veut pas dire que tu dois faire de la fièvre. Le meilleur moyen consiste plutôt à donner l'exemple en écoutant soi-même son cœur. Dans les cas désespérés, on fait appel aux fées. Tiens, j'ai encore une question pour toi : t'arrive-t-il de ressentir ou peut-être même d'entendre les pensées des gens?

— Parfois, j'entends ma mère penser. Ce n'est pas tellement différent que de parler. J'entends, c'est tout. C'est plus difficile avec les autres, surtout en classe lorsqu'il y a beaucoup de bruit. Il y a ma cousine Alicia, avec qui tu devrais parler. Elle les entend presque tout le temps les pensées des autres. Ce n'est pas vraiment facile pour elle. Il faudrait bien que je lui montre à faire son œuf.

— Que veux-tu dire par « faire son œuf »?

— Tu ne sais pas ce qu'est un œuf, Monsieur Jacquot?

— Je sais ce qu'est un œuf, chère Paola, j'en ai mangé un ce matin, mais je pense bien que tu fais référence à autre chose!

— Hi! Hi! Hi! C'est que, des fois, je le sens quand quelqu'un m'envoie des énergies ou des pensées pas gentilles et, lorsque ça se produit, je transforme ma bulle en œuf de protection. C'est un truc que ma mère m'a enseigné.

— Ah oui! Et comment fais-tu cela?

— Bien, tu fermes les yeux et tu imagines un œuf tout autour de toi, qui ne laisse entrer et sortir que les bonnes énergies.

— Est-ce que ça marche ton truc?

— Oui, oui, mais c'est un peu plus difficile lorsqu'on tente de me bousculer physiquement. L'œuf ne suffit pas toujours. Mon père m'a enseigné d'autres trucs en me disant qu'on ne devait pas s'en servir pour attaquer, mais qu'on pouvait les employer pour se défendre.

— C'est une bonne idée, ton œuf. C'est bien que tu aies appris tout ça. Tu sais, bon nombre d'enfants n'ont pas appris à se protéger. Ils sont de véritables éponges qui absorbent tout ce qui passe.

De mon côté, j'ai connu bien des gens qui, au lieu de se protéger au moyen d'un œuf, décidèrent de se forger une armure, parfois tellement solide qu'elle est devenue avec le temps presque impossible à enlever. Une fois adulte, cette armure de protection se transforme rapidement en prison. Or, en des temps anciens, on nous enseignait que le plus grand bouclier qui soit se nomme le cœur, et c'est en le cultivant dans la plus pure tradition qu'on arrive à se protéger. J'ai dans mon sac un petit texte sur le sujet. Tiens, le voici :

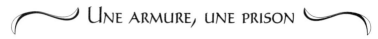

UNE ARMURE, UNE PRISON

Elle était là à m'attendre
Je l'ai portée pour me défendre
Mon armure

Grâce à elle, on se sent invincible
Avec elle, on perd l'invisible
Mon armure

Si le cœur est la maison de l'âme
L'armure en est sa prison
Si la vie se fait drame
C'est pour nous ramener à la raison
Le plus grand bouclier qui soit se nomme le cœur
Un bouclier qui trop souvent se meurt

Lorsque notre protection
devient notre prison
C'est qu'on a oublié l'essence même de nos vies
C'est que le bouclier a sombré dans l'oubli

Arrive un jour où c'est trop lourd
Où le souffle se fait court
On ferme les yeux
On prie les cieux

Une fois les yeux grands ouverts
C'est le monde à l'envers
L'armure se retrouve derrière
Nos poumons respirent le grand air

Une fois l'armure dans l'oubli
On reprend vie
Le bouclier reprend timidement sa place
La prison n'est plus qu'un souvenir de glace

Une armure, une protection
Une vie sans raison
Un cœur pour bouclier
Le monde entier à aimer

⟿ ଉଉ ⟿

— Monsieur Jacquot, quand je regarde les gens, j'ai souvent en tête l'image d'un enfant accroupi au fond d'une cellule de prison. Il y a une colombe sur le bord de la fenêtre qui invite l'enfant à sortir, mais, bien que la porte soit ouverte, celui-ci refuse de se lever et de partir. Je ne comprends pas pourquoi.

— C'est que leur petit carré de cellule représente un environnement que les gens connaissent parfaitement alors que l'extérieur de la prison représente l'inconnu. Il est très sécurisant ce carré de cellule. Il y a évidemment le mauvais ego et l'orgueil qui incitent les gens à rester en prison. Cela demande un acte d'humilité pour se lever et sortir. Plusieurs se sentent invincibles à l'intérieur de leur cellule, mais tellement fragiles une fois à l'extérieur.

— Je pense qu'ils devraient écouter l'oiseau et sortir.

— Tu as bien raison. J'ai une autre question pour toi : malgré ton œuf, connais-tu une personne avec qui tu devrais bien t'entendre mais de qui tu reçois de mauvaises pensées ou de l'énergie négative, ou peut-être même à qui tu en envoies sans t'en rendre compte?

— Veux-tu dire quelqu'un avec qui je devrais bien m'entendre, mais avec qui ça ne va pas bien?

— Oui. Souvent, c'est un proche, un membre de notre famille ou un ami avec qui ça ne va pas très bien. Remarque qu'il peut s'agir d'un ou d'une camarade de classe. Choisis une personne.

— OK! j'en ai une…

— Prends un bout de papier et écris cinq bonnes raisons d'aimer cette personne.

La tête appuyée sur une main, le crayon dans l'autre, Paola se mit à la tâche…

— C'est difficile!

— Je vois que tu en as déjà écrit deux. Si tu as de la difficulté à en écrire cinq, c'est parce que tu penses avec ta tête plutôt qu'avec ton cœur. Réfléchis avec ton cœur et prends tout le temps nécessaire. Il n'y a pas d'urgence!

— Hum!

ⓖⓖⓖ

Quelques minutes plus tard...

— Tu as écrit sept bonnes raisons. Bravo!

— Bah! J'en ai deux qui sont un peu pareilles. Est-ce correct?

— C'est excellent.

— Veux-tu les lire?

— Non, non, cela t'appartient. Qu'as-tu ressenti en écrivant ces sept raisons d'aimer la personne?

— Cela m'a fait du bien au cœur. Est-ce que je dois les montrer à la personne?

— Ce n'est pas nécessaire, celle-ci a déjà reçu en son cœur les raisons que tu as écrites. Cet exercice envoie de façon très simple de l'énergie positive à la personne visée. Cela peut très bien changer ta relation avec elle du tout au tout, et ce, en très peu de temps. Évidemment, ce petit exercice représente parfois tout un défi à relever, surtout lorsque le mauvais ego entre en jeu ou qu'on réfléchit uniquement avec sa tête plutôt qu'avec son cœur!

En parlant de défi à relever, aimerais-tu aller en voyage au creux des cœurs et visiter ce merveilleux pays de l'imaginaire?

— Je veux bien, mais il est déjà 11 h 30. Je dois rentrer à la maison pour manger. Est-ce que je peux revenir cet après-midi?

— Bien sûr, mais tu dois obtenir la permission de ta mère. Demande-lui si tu peux aller avec Monsieur Jacquot au Cap au Rocher.

— Veux-tu dire le Cap où il y a un rocher magique?

— Le connais-tu?

— Non, mais ma mère m'en a déjà parlé. Il paraît qu'il y a des fées sur le Cap.

— Il arrive que quelques-unes se pointent le bout du nez. Cela dépend de leurs humeurs. Parfois, elles sont très occupées, tu sais.

— J'aimerais bien en voir. Dois-je apporter quelque chose? Une valise ou des vêtements?

— Non, non, ton sourire sera amplement suffisant.

— Est-ce que je serai de retour pour la fin de l'après-midi? Ma mère n'aime pas que je m'éloigne de la maison en soirée.

— Oui, oui, je te le promets, on n'en aura que pour quelques heures.

— À plus tard, alors.

— Hé! N'oublie pas ton ballon.

— Merci! À tout à l'heure!

Deuxième partie

Quelques heures plus tard, Paola revint au café et oh ! surprise…, sa mère discutait avec Monsieur Jacquot.

— Maman, tu connais Monsieur Jacquot? Hum! Rebonjour, Monsieur Jacquot!

— Bien sûr que je le connais. Crois-tu vraiment que je t'aurais laissée partir en voyage au creux des cœurs avec un étranger?

— Bah! c'est que je t'ai demandé tout à l'heure si je pouvais partir avec Monsieur Jacquot et que tu m'as comme dit oui. C'est pour cela que tu ne m'as pas posé de questions! Comment as-tu fait pour arriver avant moi?

— Aurais-tu oublié que j'ai une voiture, Paola?

— Ah! c'est vrai.

— Je tenais à m'assurer que tu partes avec le bon Monsieur Jacquot. J'ai fait garder Émilio par la voisine pour quelques minutes.

— Ta mère et moi sommes de vieilles connaissances, Paola. Est-ce que tu te rappelles de ce que je t'ai dit à propos d'une jeune demoiselle aux yeux presque aussi brillants que les tiens?

— C'était maman, alors!

— Il semble que oui. Prête pour le voyage, Mademoiselle Paola?

— Je crois que oui.

— Allez, moi je vous laisse. Ton petit frère m'attend. Faites un beau voyage et je veux que tu sois de retour pour 18 heures. D'accord?

— Oui, oui...

— À plus tard alors.

— Bon après-midi, Sylvia, et ne t'inquiète pas, je te la ramène sans faute pour 18 heures. Est-ce que ça va Paola?

— Bah! Oui! Je suis juste un peu surprise, mais je suis bien contente que maman te connaisse même si je m'en doutais un peu. J'étais juste pas certaine.

Monsieur Jacquot, je dois te dire que j'ai vidé le contenu de ma tirelire. En retournant à la maison, j'ai pensé que cela faisait un bon moment que je n'avais pas rigolé avec maman. Elle aussi a beaucoup de peine depuis le départ de papa, mais elle se garde bien de le montrer à mon frère et à moi. Je lui ai donc offert un arrangement floral de chez Carlo, le fleuriste. C'est un petit cadeau que mon père se plaisait à lui donner à l'occasion. Il s'agit d'une couronne de fleurs en forme de marguerite — ma mère adore les marguerites — avec un cœur rempli de fraises du jour. J'ai écrit une lettre à ma mère, voudrais-tu que je te la lise?

— J'en serais ravi.

— Remarque qu'il y a des choses que tu sais déjà, mais je ne savais pas que vous vous connaissiez. Attends que je la sorte de mon sac. Tiens :

Chère maman,

Cela fait déjà quelques semaines que papa est parti. Je m'ennuie beaucoup de lui. Je sais que toi aussi tu t'ennuies beaucoup de lui et que tu fais tout ton possible pour que Émilio et moi ne soyons pas témoins de ta peine. Depuis la fin des classes, je retourne toujours au parc jouer avec mon ballon. Si, au début, c'était pour m'éloigner et rester seule dans ma bulle, ce fut ensuite pour partager des sourires avec un gentil monsieur du nom de Jack. Quand on le connaît un peu plus, on l'appelle Monsieur Jacquot. Cela fait maintenant deux bonnes semaines qu'on échange des sourires lui et moi. C'est finalement ce matin que j'ai eu la chance de lui parler. Il m'a raconté plein de choses que j'aimerais partager avec toi plus tard. Je lui ai montré comment faire un œuf de protection.

En revenant à la maison, j'ai pensé que nous nous étions tous un peu isolés dans nos œufs, toi,

Émilio et moi, depuis le départ de papa. On a tous un peu oublié de s'échanger des sourires et de jouer ensemble. Les adultes, trop souvent, ne prennent pas le temps de jouer. Selon Monsieur Jacquot, c'est le rôle des enfants de leur réapprendre comment faire et de leur rappeler l'importance de s'amuser.

Je sais que toi et papa aviez beaucoup de plaisir en mangeant les fraises au milieu des fleurs. J'ai pensé que ce serait une bonne idée de t'en offrir. S'il te plaît, j'ai juste envie qu'on retrouve le sourire! En m'isolant dans ma peine, j'en ai oublié la tienne et celle d'Émilio. Pardonne-moi, maman, et viens jouer au parc avec moi demain. Je te présenterai Monsieur Jacquot. Tous ceux qui le rencontrent au café repartent avec le sourire. Il m'a invitée à faire un voyage au creux des cœurs. Si tu m'en donnes la permission, il va m'amener au Cap au Rocher. C'est le Cap magique dont tu m'as déjà parlé. Je ne sais pas où c'est exactement, mais Monsieur Jacquot m'a promis que je serais de retour avant la fin de l'après-midi. Une fois que je saurai le chemin, je promets de t'y conduire. Peut-être qu'on retrouvera le sourire de papa là-bas!

Ta Paola qui t'aime

— C'est très beau Paola.

— Merci. Maman était bien contente et devine quoi.

— Quoi?

— On a commandé une autre marguerite aux fraises de chez Carlo pour demain.

— Tu vois, ce n'est pas pour rien que ta mère souriait il y a quelques minutes. C'est grâce à toi si elle avait retrouvé son sourire des beaux jours. Es-tu prête pour le voyage maintenant?

— Oui, oui, je te l'ai déjà dit.

— Nous allons nous diriger vers le Cap au Rocher. C'est un endroit que peu de gens connaissent.

— Comme je te l'ai dit ce matin, ma mère m'en a déjà parlé, mais je n'y suis jamais allée. Je me demande bien pourquoi…

— C'est qu'il te fallait être prête pour ce voyage, Paola. Ce n'est pas tout le monde qui peut emprunter ce sentier. En fait, tout le monde peut un jour y accéder, mais tous ne sont pas nécessairement prêts à le faire. Seuls ceux qui ont gardé la porte de l'imaginaire ouverte peuvent le voir. Sinon, rien n'y paraît.

— Est-ce que le Cap est proche de la rivière?

— Connais-tu la rivière?

— Bah oui! Ma mère aime bien nous y emmener pour se baigner. Il y a une très belle plage. Sais-tu ce que j'aime faire avec la rivière, Monsieur Jacquot?

— Non.

— Ce que j'aime par-dessus tout, c'est la regarder droit dans les yeux. Elle est belle, tu sais, et elle a beaucoup de choses à raconter. Malheureusement, peu de gens l'écoutent. J'ai déjà écrit une histoire en pensant à elle, veux-tu que je te la lise?

— Et tu l'as dans ton sac?

— Bah oui! Comme je me doutais que le Cap au Rocher était près de la rivière, j'ai pensé que ça pourrait être une bonne idée de l'apporter.

— Tu es pleine de surprises, toi, dis donc! Est-ce que tu en écris beaucoup d'histoires?

— Oui et non, ça dépend de ce que veut dire pour toi « beaucoup ». J'aime bien me coucher le soir avec mon cahier secret. J'invente des histoires et j'ai parfois la chance de les vivre durant mon sommeil.

— Tu as drôlement intérêt à t'inventer de belles histoires!

— Ouais…

— J'ai hâte que tu me la lises, mais attends d'être arrivée sur le Cap. Nous aurons la chance de nous asseoir quelques instants avant d'entreprendre le voyage.

ගගග

Monsieur Jacquot et Paola se dirigèrent vers la rivière en empruntant les rues étroites du village. Le soleil brillait encore sur leur tête quand ils quittèrent les rues escarpées pour se glisser dans le sentier du Cap au Rocher. Après une marche d'au moins un kilomètre...

— Tiens, nous y voilà.

— Je connais bien la rivière et sa plage, mais pas cet endroit. Pourquoi venir ici?

— Tout simplement parce que c'est ici que le voyage commence. Regarde tout autour. Il n'y a que de l'herbe haute, peu ou pas d'arbres pour s'abriter du soleil et, comme il n'y a pas de plage pour se baigner, c'est un endroit idéal pour amorcer le voyage.

— Monsieur Jacquot, je sens que tu te moques de moi un tout petit peu et je ne peux pas dire que j'apprécie.

— C'est que j'aime bien taquiner les gens, surtout ceux et celles qui ont un certain caractère.

— Est-ce que j'ai un caractère?

— Tout à fait.

— Atchoum!

— À tes souhaits… On dirait que tu as le nez qui pique?

— Ouais…

— C'est peut-être une fée folichonne qui te taquine le bout du nez!

— Je ne la vois pas.

— Tu risques de la voir tout à l'heure. Les fées aiment bien nous picoter le bout du nez ou les oreilles. Parfois, elles se servent des rayons du soleil qu'elles nous lancent sur le nez avec un soupçon de poudre magique. C'est ce qui fait que des gens éternuent en regardant le soleil.

— Ouais, eh bien là, c'est mon oreille qui me chatouille!

— Hé! Ne remarques-tu pas que tu es assise près de mon ami Nomino?

— Tu veux parler du rocher?

— Oui, chère Paola, je te présente Monsieur Nomino, le rocher magique!

— Est-ce que ça va, Monsieur Jacquot? Tu parles aux rochers maintenant? Le soleil tape trop fort ou quoi?

— Bah! Les rochers sont comme les fées, ils prennent vie pour qui y croit. Pour l'instant, assieds-toi et raconte-moi ton histoire de la rivière. Je te dirai ensuite pourquoi nous sommes venus à cet endroit précis, même si cela te semble être au milieu de nulle part et que tu penses que je suis un peu bizarre de parler à mon ami Nomino.

— D'accord, attends que je mette la main sur mon cahier. Le voilà.

— Mais c'est qu'il est gros ton cahier!

— Bah! C'est que j'ai plusieurs histoires. Je te raconterai les autres un de ces jours si tu veux. Peut-être qu'on pourrait s'échanger nos histoires par la poste ou par Internet, une fois que tu auras repris la route?

— C'est une très bonne idée, Paola, mais à présent me la racontes-tu ton histoire, ou me faut-il attendre encore?

— Ne sois pas impatient. Voilà. J'espère que tu vas aimer.

— Paola! Tu me la lis ou quoi?

— D'accord.

LES DEUX SORCIÈRES ET LA RIVIÈRE

Il était une fois deux gentilles sorcières — une maman et sa petite fille — et une rivière. Les deux sorcières aimaient bien se retrouver sur le bord de la rivière lors des nuits de pleine lune. Toutes deux dansaient autour d'un feu et chantaient en riant.

La rivière les regardait d'un air amusé. « Mais qu'est-ce qu'elles ont à danser et à chanter avec les bras dans les airs, en employant des mots inconnus ? » se demandait-elle.

Alors que la lune éclairait la scène du haut du ciel, la rivière se calma pour observer attentivement ses deux nouvelles amies. Elle découvrit que, derrière ces gestes un peu bizarres, se cachait une recherche de vérité. Au même moment, les deux sorcières mirent fin à leur danse et à leurs chants pour fixer la rivière droit dans les yeux.

Surprise, la rivière cessa ses vagues et son ami le vent arrêta sa course. Les deux sorcières eurent le souffle coupé et la larme à l'œil. La vérité était là, devant elles, dans cette rivière tantôt fleuve, tantôt mer, puis tantôt océan.

Heureuses de leur découverte, les deux sorcières éteignirent leur feu à la hâte et se mirent à danser de nouveau, mais avec les deux pieds dans l'eau. La rivière fit des vagues de sourires, le vent se mit à tourbillonner gentiment et la lune riait de bon cœur.

Comme quoi, on a tous parfois besoin du regard des autres pour s'apercevoir de la vérité qui coule en nous.

— C'est très bien, Paola. C'est même surprenant!

— Merci! Ma professeure de l'an passé a tellement été surprise qu'elle ne croyait pas que c'était moi qui l'avais écrite. C'est comme si, parfois, les mots me viennent plus facilement.

— Moi, je te crois.

— Cela me rappelle qu'il y a longtemps que je suis venue jouer à la rivière avec ma mère…

— Eh bien, nous allons bientôt nous laisser guider par elle. Je veux que tu fermes les yeux.

— Pourquoi fermer les yeux, Monsieur Jacquot?

— Parce que, comme l'a déjà écrit un célèbre auteur du nom de Saint-Exupéry, l'essentiel est invisible pour les yeux, et que tu te diriges maintenant tout droit vers l'essentiel.

— OK!

— Allez, ferme les yeux un peu plus fort.

— Je fais quoi maintenant?

— Je veux que tu ouvres les yeux, mais pas ceux que tu crois, ceux du cœur.

— Tu veux que j'ouvre les yeux en pensant avec mon cœur?

— Exactement.

— Il ne se passe rien!

— Prends ton temps. Pour t'aider, tu n'as qu'à penser à la personne que tu aimes le plus au monde. Essaie encore.

— Oh! Monsieur Jacquot, tout a changé, la rivière est toujours là, mais regarde, nous sommes entourés de trois arbres géants. D'où viennent-ils?

— Je savais que tu en étais capable.

— Hé! Regarde au ciel! Il y a un deuxième soleil. Que se passe-t-il, Monsieur Jacquot?

— Tout cela se produit parce que tu regardes maintenant la vie avec les yeux du cœur. Les arbres étaient présents tout à l'heure, mais comme ils avaient un niveau de fréquence plus élevé que le tien, tu ne pouvais pas les voir.

— Qu'est-ce qu'un niveau de fréquence, Monsieur Jacquot?

— Tout ce qui vit sur terre vibre à une certaine fréquence, un peu comme une fréquence audio. Lorsque tu t'amuses à changer les stations de ta chaîne stéréo, certaines ont des fréquences plus élevées que d'autres. Il en est de même avec les habitants de la terre. Dès que tu regardes la vie avec les yeux du cœur, ton niveau vibratoire change de fréquence pour une autre plus élevée. Il t'est alors possible de voir des choses que peu de gens voient.

Le deuxième soleil est essentiel à la vie des êtres ayant un niveau vibratoire dont les fréquences sont très élevées comme pour les arbres qui nous entourent maintenant ainsi que tous ces petits amis que l'on appelle les fées, les gnomes, les farfadets, les elfes et autres du genre.

— Est-ce qu'on va enfin voir les fées?

— Bien sûr, mais, pour l'instant, n'as-tu pas remarqué la tête de Monsieur Nomino?

« Bonjour Paola », dit Monsieur Nomino.

— Monsieur Jacquot, j'entends le rocher parler ! On dirait qu'il a un visage d'éléphant.

— Hé oui! Tu vois que je ne suis finalement pas aussi fou que tu croyais. Chaque royaume, minéral, végétal, animal, humain ou imaginaire, possède la faculté de communiquer. Les langages diffèrent mais, lorsqu'on communique par la pensée, il n'y a plus aucune barrière de langue.

— Atchoum! Là, je crois que je viens de voir passer une fée.

— C'est bien possible. Ma vue n'est plus ce qu'elle était, tu sais! Même avec les yeux du cœur, elles sont parfois trop rapides pour moi. Nous allons maintenant demander à Monsieur Nomino de former le quai et d'ouvrir le chemin qui mène à la rivière. Monsieur Nomino, s'il te plaît!

— Oh! Monsieur Nomino a ouvert un petit sentier vers la rivière et regarde le quai!

— Est-ce que tu lui dis merci?

— Merci Monsieur Nomino!

— De rien! Tout le plaisir est pour moi. Au fait, Monsieur Jacquot, cette enfant me présente un air familier.

— C'est la fille de Sylvia. Vous vous souvenez de Sylvia?

— Bien sûr! N'oublies-tu pas que nous, les rochers, avons une mémoire de plusieurs millions d'années? Cela fait un bon bout de temps que je n'ai pas vu Sylvia. La dernière fois, elle était venue avec son enfant, un petit garçon prénommé Émilio.

— C'est mon petit frère! Je ne savais pas que maman était venue ici avec lui.

— Mais, toi aussi, tu es déjà passé par ici, chère enfant. Tu étais un gros bébé à l'époque. Tu ne cessais de rire et de jouer avec les fées. Je suis bien heureux de te revoir. Allez, je vous laisse et faites-moi signe si vous avez besoin de moi.

— Souhaites-tu toujours partir en voyage, Paola? Tu as le droit de changer d'idée, tu sais!

— Euh! Non, non, on y va, mais je ne me souviens pas d'être déjà venue ici.

— Tu étais un bébé à l'époque. C'est donc normal que tu aies oublié quelque peu. Regarde devant. Vois-tu les broussailles qui recouvrent le quai?

— Oui.

— Elles sont là pour te rappeler que tu n'as pas emprunté ce chemin très souvent. Ce n'est pas bien grave, tu n'as qu'à fermer les yeux plus fort et les broussailles se feront fleurs rien que pour toi.

— Mais c'est que ça fonctionne!

— Évidemment! Je ne t'aurais pas dit de le faire si ça n'avait pas été le cas!

— Toi aussi, tu as un petit caractère, Monsieur Jacquot.

— Eh bien, disons que nous faisons une belle paire, toi et moi. C'est maintenant à ton tour de travailler. Je veux que tu imagines un navire, peu importe lequel, grand ou petit. Il doit par contre être assez grand pour que nous puissions nous y asseoir tous les deux.

ඉඉඉ

Quelques secondes plus tard...

— Dis donc, il est beau ton bateau!

— Bah! Je l'ai imaginé comme celui que mon père rêvait d'acheter. Mais, Monsieur Jacquot, j'ai oublié les rames et le moteur!

— Ne t'en fais pas, Paola, quiconque se laisse guider par la Source n'a nul besoin de rames ou de moteur. Je sais que tu es nerveuse et un tantinet inquiète par rapport au voyage que tu entreprendras à l'instant. C'est un petit peu normal lorsqu'on fait face à l'inconnu, quoique dans ce cas-ci l'inconnu, c'est toi!

Il y a une expression qui dit que les voyages forment la jeunesse. Ce voyage te permettra de créer un lien permanent avec l'enfant que tu es et que tu seras. Pour les plus vieux, ce voyage permet de libérer l'enfant qu'ils ont enfermé dans leur cellule de prison dont tu parlais plus tôt et de recréer le lien avec l'enfant qu'ils ont été et qu'ils n'ont jamais vraiment cessé d'être. Cet enfant n'a pas d'âge. Il est simplement enveloppé d'un corps qui vieillit. Ton corps est l'outil par lequel l'enfant vit une vie qui lui permet de s'élever à un niveau supérieur et de mûrir.

Tu vois, dans les jours, les mois et les années à venir, tu devras apprendre à te faire la cour et à t'apprivoiser. Plus tu en sauras sur toi et sur ce qui meuble ton univers, plus tu t'aimeras et apprécieras la vie telle qu'elle est. Tu verras la vie à ton image, c'est-à-dire très belle.

Hé! Regarde, il y a mon ami l'oiseau qui vient nous porter un message. Chaque fois que j'emmène quelqu'un ici, il se pointe le bout du bec.

— Il est beau!

— Attention, tu pourrais le faire rougir! Il s'agit d'une note pour toi. C'est au sujet de l'amour. Veux-tu que je te la lise?

— Oui, oui, mais pourquoi un oiseau écrirait-il une note sur l'amour?

— Parce que, du haut des airs, les oiseaux posent un regard souvent très juste sur la vie qui se déroule en bas.

La note dit ceci :

L'AMOUR

Bonjour, Mademoiselle Paola. L'amour, qu'est-ce que l'amour? L'amour est ce nectar divin qui coule dans nos veines lorsque nous sommes connectés à la Source. L'amour dans son essence la plus pure nous transporte dans un état de félicité, ce bonheur suprême que bien des gens associent au paradis.

Que l'on soit amoureux de soi, de Dieu, d'une autre personne ou de la vie, rien ne diffère, la façon d'aimer est toujours la même.

Aimer est parfois exigeant et, bien que cela puisse faire très mal, aucun mal à l'âme n'est plus fort que la joie d'aimer. Sois bien consciente que la pierre angulaire de l'amour, quel qu'il soit, repose en toi. Le jour où tu trouveras cette pierre, tu seras en mesure de réaliser tous tes rêves et d'aimer pour toujours à la manière des enfants qui aiment leurs parents, c'est-à-dire sans condition.

S'aimer soi-même, c'est d'abord s'apprécier tel que l'on est avec ses forces et ses faiblesses. Tu constateras que la majorité de tes défauts sont issus de tes qualités. C'est ce que l'on appelle l'envers de la médaille. Par exemple, la générosité est généralement considérée comme une qualité, mais qu'arrive-t-il lorsque des gens en abusent? Elle devient alors un défaut. Ainsi, attarde-toi à tes qualités et essaie d'en déterminer l'envers de la médaille. À l'inverse, fais de même avec tes défauts et tu te découvriras alors bien des qualités.

Ces qualités et ces défauts font partie de ta nature et ne peuvent être modifiés, à moins que celui qui gouverne les cœurs ne te le permette. Si quelqu'un t'attribue un défaut contenant la contrepartie qualité, dis-toi que ce défaut est davantage fonction de ton interlocuteur. De toute façon, nous n'avons pas le choix. Nous devons apprendre à vivre avec nos qualités et nos défauts. Plus tu les connaîtras, plus tu seras en mesure d'en retirer des fruits, un peu comme un pommier dont chaque branche donne son lot de pommes.

Pour ce qui est de ces défauts n'ayant pas de contreparties qualités ou de ces qualités sans défauts, il est normal d'en avoir. Ce n'est toutefois rien de bien grave. Ces défauts se soignent à la manière d'un rhume et ces qualités se perdent en éternuant. Cette partie de ton être variera constamment au fil du temps. Elle sera influencée par ton entourage, ta famille et tes amis.

La beauté est toujours fonction des yeux qui regardent. Lorsqu'il pleut sur nos vies, il arrive que nous ne nous voyions pas nécessairement de la bonne façon et que nous sentions un grand vide intérieur. Le voyage au creux des cœurs te permettra de combler ce vide qui est tien et qui t'empêche de te voir telle que tu es. Ce voyage t'apprendra à aimer, à t'aimer. Évidemment, chaque histoire d'amour comporte ses jours de pluie, mais bientôt tu apprécieras la tendresse de l'eau qui coule sur tes joues et qui humecte tes paupières.

Lorsque tu aimes quelqu'un ou quelque chose et que tu en parles en bien, tu t'en rapproches. Il en sera de même avec toi et ton être. Ainsi, nourris-toi de belles images, de belles pensées et ton âme fleurira.

En écoutant Monsieur Jacquot lire cette note, Paola était assise le dos bien droit, les oreilles tendues et les yeux grands ouverts.

— Allez, assez bavardé, le bateau nous attend.

— Attends, Monsieur Jacquot. Puis-je te poser une ou deux questions?

— Bien sûr!

— Qu'est-ce que la pierre angulaire de l'amour?

— C'est un peu comme pour la pierre angulaire de la vie dont je t'ai parlé ce matin, sauf que, dans ce cas, elle représente la base sur laquelle repose l'amour. Ce que notre ami l'oiseau te dit, c'est que cette base est en toi, en ton cœur et nulle part ailleurs.

— Hum! OK! Et quand l'oiseau dit que la façon d'aimer est toujours la même, je ne suis pas certaine de bien comprendre.

— On peut aimer en posant des conditions ou sans condition. Lorsque ton ami l'oiseau mentionne que la façon d'aimer est toujours la même, c'est qu'il fait référence à l'amour inconditionnel, cet amour qui coule de source et qui s'alimente à même la Source. Sinon, il y a autant de façons d'aimer que de conditions qu'on puisse poser, c'est-à-dire des milliers.

— Peux-tu m'expliquer un peu plus?

— Vois-tu, aimer sans condition, c'est d'abord

et avant tout aimer sans poser de conditions. C'est aimer sans détour et sans rien attendre en retour. Le meilleur exemple d'amour inconditionnel est celui que la plupart des jeunes enfants portent à leurs parents. Je suis pas mal convaincu que tu aimes ta mère sans lui poser de conditions et donc que tu l'aimes sans condition.

— Bah! C'est normal, c'est ma mère!

— Normal, peut-être, mais rien n'empêche que tu l'aimes sans condition. Tu verras la différence quand tu auras un petit ami.

— J'en ai un!

— Est-ce que tu l'aimes de la même façon que ta mère?

— C'est sûr que non.

— Pourquoi l'aimes-tu?

— Parce qu'il est gentil avec moi et qu'il est pas mal beau.

— Et s'il était moins beau, l'aimerais-tu autant ?

— J'ne sais pas, mais ce n'est pas bien grave, j'ai tout le temps qu'il faut pour trouver l'homme de ma vie.

— Je le sais bien, chère Paola, mais ta façon d'aimer ton ami, comparativement à celle d'aimer ta mère, te donne une idée assez juste de la différence entre aimer en posant des conditions et aimer sans condition. Regarde ce petit dessin.

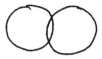

Le symbole de l'amour est constitué de deux anneaux l'un dans l'autre. Trop souvent, les couples forment un anneau à deux.

Les joints de cet anneau formé à deux sont friables et ne peuvent durer toujours. C'est ce qui explique que plusieurs couples se séparent après quelques années. Certains diront avoir été engloutis par le quotidien. Dans les faits, c'est qu'ils avaient formé un anneau à deux et que les joints n'ont pas résisté à l'usure du temps.

Ce n'est jamais facile pour des enfants de comprendre que leurs parents cessent tout à coup de s'aimer. Pas plus que cela ne leur est facile de comprendre que leurs parents s'aiment au conditionnel plutôt qu'à l'inconditionnel.

Pour former deux anneaux l'un dans l'autre, il faut d'abord que chacun forme son propre anneau et ne pas chercher chez l'autre l'élément manquant. Les gens se disent souvent à la recherche de l'âme sœur. Or, l'âme sœur est à l'intérieur de soi. L'âme sœur, c'est l'adulte qui se reconnecte avec son cœur d'enfant et avec son âme. Dès lors, il forme un anneau capable de s'unir à un autre.

Le véritable amour, celui qui permet d'unir deux anneaux l'un dans l'autre, dure éternellement. Il est immuable dans le temps. Telle la feuille d'un arbre qui glisse sur l'eau, cet amour se laisse porter par la Source.

Le paradis sur terre devient possible lors de l'union entre tous les anneaux du monde, soit lorsque tous et toutes s'aimeront inconditionnellement.

— Le paradis est comme une chaîne d'amour, alors?

— Exactement, et c'est cette chaîne d'amour que les enfants de la terre ont pour mission de rebâtir en entraînant avec eux, parents et amis. As-tu d'autres questions?

— Non, ça va!

— Allez, il est temps de partir. Tiens ma main si cela peut te rassurer. Laisse-toi guider et aie confiance.

ⓖⓖⓖ

Les voilà partis. Eh oui, sans rames ni moteur. Le navire laisse le quai derrière et emprunte doucement la rivière. Paola et Monsieur Jacquot arrivent presque à toucher les rives de chaque côté tellement la rivière est étroite par endroits. L'eau est peu profonde et il est possible d'en voir le fond.

— As-tu remarqué, Paola? L'eau est très claire et aucunement polluée, si ce n'est de quelques débris ici et là. Est-ce que ça va jusque-là?

— Oui, oui!

— Continuons notre route, ta route. Regarde sur ta droite.

— Oh! Quelle belle maison! Hé! As-tu vu les jardins?

— Ils sont beaux, n'est-ce pas?

— Oh oui! Il y a plein de fées qui s'y promènent. C'est quoi cette maison?

— Il s'agit de la Maison Agathe. Connais-tu la légende des enfants-lumière?

— Je ne la connais pas. Tu sembles en connaître beaucoup d'histoires, dis donc!

— J'en connais quelques-unes et je peux même te raconter l'histoire des enfants-lumière si tu le souhaites.

— Monsieur Jacquot, cesse de me demander chaque fois si je veux entendre tes histoires puisque je veux toutes les entendre.

— D'accord. Je vais te la raconter…

 LES ENFANTS-LUMIÈRE

Selon la légende, il y aurait de par le monde des millions d'enfants de tout âge dont le rôle sur terre est d'éveiller les consciences des gens et d'aider l'humanité à retrouver le chemin de l'équilibre. Ils sont autant de lumières qui, lorsqu'elles se connectent à la Source, deviennent des phares aptes à éclairer tous les navigateurs du monde entier.

On a fait cadeau à ces enfants d'un niveau de conscience et de sensibilité plus élevé que la moyenne. Chacun d'entre eux a été formé à la Maison Agathe. On enseigne à ces enfants la science de la vie, cette science qui renferme bien des mystères. Tous les royaumes y sont représentés, sans exception.

La Maison Agathe est constituée de grandes pièces à l'intérieur desquelles se trouve toute une ribambelle d'enfants venus de partout sur terre. Ils ont généralement de 0 à 3 ans et un sage leur enseigne différentes matières nécessaires à l'accomplissement de leur mission sur terre. Chacun de ces bambins revient, tôt ou tard, en tant que professeur pour enseigner aux nouveaux bouts de chou.

Cette maison est un endroit où seul l'ego du partage est admis. Tous sont sur un pied d'égalité, peu importe la couleur de leur peau, leur sexe ou leur origine. On y communique uniquement par la pensée, faute de quoi, cela serait impossible d'y enseigner tellement il y a de langues différentes sur terre.

— Vois-tu, Paola, si tous les enfants du monde sont des lumières, il y a toutefois parmi eux des millions de Paola à jouer le rôle de phare afin de guider l'humanité sur la voie de l'équilibre et de l'amour car sans amour, il n'y a pas d'équilibre. Tu peux imaginer le globe terrestre avec des millions de petites lumières dispersées partout dans le monde. Elles sont toutes reliées entre elles et, chaque fois qu'un enfant fait le voyage au creux des cœurs, il devient un phare capable d'éclairer tous les navigateurs du monde. Ces enfants sont là pour éclairer les gens sur leur chemin de vie et pour enseigner la science de la vie.

— Cela me fait tout drôle ce que tu me dis, Monsieur Jacquot, parce que, bien souvent, je sens que je suis en lien avec plein d'enfants de partout dans le monde. Nous nous rencontrons la nuit en rêve. Nous nous amusons beaucoup. Cela nous aide lorsque nous revenons sur terre. Nous nous envoyons des pensées et des sourires. Nous nous encourageons aussi.

— Voyages-tu beaucoup la nuit?

— Pas tous les soirs, mais presque. Des fois, je suis trop fatiguée ou je n'en ai tout simplement pas envie.

Certains de mes amis que je croise en rêve ont reçu beaucoup de cadeaux à leur naissance.

— Quel genre de cadeaux?

— Il y en a qui voyagent très vite en faisant des bonds de géant, d'autres peuvent déplacer des objets. J'ai même un ami qui a volé jusque sur la lune pour voir la terre de là-haut.

— Ah oui!

— Pour les plus chanceux, leurs parents leur enseignent à jouer avec leurs cadeaux. C'est ce que ma mère fait avec moi. Malheureusement, il arrive que quelques-uns ne reviennent pas parce que leurs parents ne veulent pas qu'ils utilisent leurs dons.

— Tous n'ont pas ta chance, Paola. Plusieurs enfants ferment la porte du monde imaginaire afin de ne pas déplaire à leurs parents pour qui tout cela n'est que balivernes. Or, dans le mot « imaginaire », il y a le mot « magie » et c'est par la magie que la vie nous offre ses plus beaux cadeaux. L'éclosion d'une fleur au printemps, c'est de la magie. On n'a pas idée du travail que cela requiert. Heureusement, nombreux sont les parents et adultes qui se nourrissent l'esprit à l'imaginaire.

Souvent, de nouveaux parents diront qu'ils voient la vie sous un nouveau jour depuis la naissance de leur bambin. Eh bien, c'est tout simplement parce que les enfants sont de merveilleux professeurs pour ce qui est de la science de la vie. Or, cette science repose sur l'art d'aimer, un art dont les enfants sont les grands maîtres.

Plusieurs des enfants-lumière affrontent de nombreux défis une fois revenus sur terre puisqu'il y a toute une différence entre recevoir des enseignements à la Maison Agathe et en recevoir à l'école sur terre. Si l'enseignement des langues, de l'histoire, des mathématiques ou de toute autre matière est nécessaire, voire essentiel, encore faut-il en expliquer le pourquoi aux enfants.

Le fait pour les enfants-lumière d'avoir un jour été professeurs à la Maison Agathe ajoute parfois à leur frustration d'être assis pendant des heures à écouter des enseignements dont ils remettent en question la pertinence. Et cela est encore pire si leur professeur enseigne avec l'ego du savoir. Les enfants doivent apprivoiser les règles de la boîte et acquérir les connaissances requises pour ensuite se laisser guider par leur intuition et voguer ainsi sur le chemin de vie.

Dans ton cas, cela signifie peut-être de t'appliquer davantage dans certaines matières, même si tu ne les aimes pas ou que tu n'y vois aucun intérêt.

— As-tu parlé à ma mère, Monsieur Jacquot?

— Pourquoi me demandes-tu cela?

— J'ne sais pas, mais on dirait que tu parles comme elle quand elle essaie de me convaincre de faire des mathématiques.

— Elle a probablement raison, tu sais!

— Ouais, mais c'est vraiment pénible pour moi les mathématiques.

— Peut-être, mais si tu souhaites t'approcher de l'équilibre et apprivoiser les règles de la boîte, tu devras parfois t'appliquer dans certaines matières que tu aimes moins.

— Oui, mais là, c'est l'été et pourquoi n'enseigne-t-on pas aux enfants les règles de la boîte à la Maison Agathe, Monsieur Jacquot? Il me semble que ce serait plus simple!

— C'est qu'il y a beaucoup trop de différences d'une boîte à l'autre, c'est-à-dire d'une société à l'autre. Les pays, les langues, les cultures, les religions, etc., sont autant de facteurs qui ont une influence sur les règles de la boîte. L'adaptation aux règles de leur société fait partie des défis que ces enfants ont à relever. Un autre de leurs défis consiste à vivre et à accepter le fait qu'ils soient différents en raison de leur niveau de conscience et de sensibilité. Est-ce qu'il t'est déjà arrivé de te sentir différente des autres, Paola?

— Bah, je me suis toujours un peu sentie différente.

— Ça ne doit pas être toujours facile?

— Non, quoique ça se passe quand même assez bien avec mes amis. C'est avec les autres que c'est plus difficile. J'aurais envie d'être l'amie de tout le monde, mais ce n'est pas tout le monde qui veut être mon ami. Mais, toi aussi, tu es différent, Monsieur Jacquot.

— Oui, Paola, et c'est ce qui crée ce lien entre toi et moi. Un vieux proverbe chinois — ils sont tous vieux les proverbes chinois — que j'aime bien réciter dit ceci :

- Si la personne en avant de toi ne sait pas et ne sait pas qu'elle ne sait pas, fuis-la
- Si elle ne sait pas et sait qu'elle ne sait pas, enseigne-lui
- Si elle sait, mais ne sait pas qu'elle sait, éveille-la
- Or, si elle sait et sait qu'elle sait, suis-la

Il y a beaucoup d'enfants qui savent, c'est-à-dire qui ont accès à la science de la vie et qui en sont conscients. Cela fait d'eux des enfants différents. Ils ne sont toutefois pas en position de pouvoir et trop peu de gens ne les écoutent vraiment. Heureusement, leur tour viendra.

Plusieurs de ces enfants, petits et grands, se sentent bien seuls. Ils ont d'ailleurs souvent l'impression de venir d'une autre planète. Certains croient même être arrivés sur Terre par erreur lorsqu'ils se frottent à la bêtise humaine.

— Qu'est-ce que la bêtise humaine?

— C'est tout ce que les humains font de pas bien ou avec de mauvaises intentions. Ça va du plus petit geste au plus grand.

— OK, mais ça fait beaucoup de choses!

— Effectivement, mais bon, on doit composer avec cette bêtise humaine puisqu'elle fait partie de ce monde.

Un jour, j'ai eu la chance de rencontrer les parents d'un enfant un peu comme toi. Ils s'inquiétaient grandement pour leur fils, qui, en plus d'être turbulent, ne respectait pas l'autorité et n'avait que faire de toute forme de règle. Sans le savoir, leur fils se battait contre la boîte alors qu'eux n'étaient pas conscients d'y être entrés. Lorsque je leur expliquai que leur enfant avait un niveau de conscience et de sensibilité plus élevé que la moyenne, ils parurent à la fois surpris et rassurés.

Surpris parce que, dans le tourbillon de la vie, les adultes ignorent souvent que les enfants ont un niveau de conscience et de sensibilité différent du leur car ceux-ci n'ont pas encore développé leur ego dont je t'ai parlé plus tôt; rassurés par la description que je faisais de leur enfant et par l'éclairage que je leur apportais sur qui il était.

On peut s'encourager en pensant que, si l'on mettait dans un même endroit :

- tous ceux qui ne savent pas, mais qui veulent savoir
- en plus de tous ceux qui savent, mais qui ne le savent pas qu'ils savent
- et ceux qui savent et qui en sont conscients,

cela représenterait beaucoup de gens. Imagine un instant que tout ce monde se réunisse après avec l'ego du partage au cœur. Ce serait le paradis sur terre!

— Moi, je pense que le paradis existe dans notre cœur. C'est juste que, des fois, on l'oublie. Dis-moi, Monsieur Jacquot, est-ce que je pourrai faire comme toi un jour et parcourir le monde entier?

— Si c'est ce que tu souhaites, pourquoi pas? Ce voyage au creux des cœurs permet de réveiller les mémoires enfouies et, une fois que tu l'auras achevé, tu seras apte à enseigner à ceux qui veulent savoir, à éclairer ceux qui savent sans le savoir et à partager tes connaissances avec l'ensemble des éclaireurs de la terre. Peut-être que tu pourrais même aider Sylvia à retrouver son cœur d'enfant.

— Je ne sais pas comment faire. Je suis trop petite encore.

— Tu sais, cela commence souvent par des sourires en partage et crois-moi, tu es assez douée en ce domaine! La seule différence entre toi et moi est que ton langage d'enfant ne te permet pas d'exprimer tout ton savoir quoique tu puisses parfois causer des surprises comme dans le cas de ton histoire des deux sorcières et de la rivière. Aussi, sache que ce n'est pas toujours facile d'être très sensible et conscient.

— Pourquoi?

— Parce que le simple fait d'être très conscient et très sensible risque d'en déranger plusieurs. Certains te le feront sentir. Vois-tu, être plus conscient signifie non seulement être plus près de la Source, de la vie ou de Dieu selon nos croyances, mais aussi d'avoir accès aux enseignements de la vie. Par contre, cela permet de déceler plus facilement la bêtise humaine sous toutes ses formes et ce n'est pas toujours facile.

Les gens sensibles ont plus de facilité à capter tous les petits bonheurs que la vie leur offre comme le coucher de soleil, l'envol d'un papillon ou un sourire en partage. L'envers de la médaille, c'est que tous les petits malheurs, tels un sourire refusé, les pensées négatives des gens, la pollution sous toutes ses formes ainsi que les maux de l'âme, les boule-versent et les atteignent davantage que les autres. De là, l'importance de s'entourer de bonnes personnes.

Être plus conscient et plus sensible signifie aussi que l'on fait une place à l'imaginaire dans nos vies. L'imaginaire a tellement à offrir. Ce n'est pas pour rien que les enfants ont été, et ce, depuis la nuit des temps, les gardiens de l'imaginaire. Qui perd son cœur d'enfant perd le contact avec ce monde merveilleux.

L'un des problèmes auxquels tu auras à faire face est que certaines personnes ayant un niveau de conscience et de sensibilité plus élevé feront la grosse tête parce qu'elles auront choisi les tirelires de l'avoir et du savoir plutôt que celle du partage. Or, si le rôle d'éclaireur ou de phare est important, il n'est ni plus ni moins important que celui des autres. L'équilibre du monde repose sur les épaules de chaque personne.

Un ami poète m'a dit un jour : « Quand je regarde la mer, laquelle des gouttes d'eau est la plus importante? Celle du dessus ou celle du dessous? Réponse : ni l'une ni l'autre, elles le sont toutes et dépendent toutes les unes des autres... »

— Moi, je nage parfois avec les dauphins et les baleines. Ils sont tous gentils et ils ne comprennent pas toujours ce que les humains font de la planète Terre. Tout comme toi, Monsieur Jacquot, ils cherchent à éclairer l'ensemble des gouttes d'eau des mers et des océans.

— On a tous un rôle à jouer, Paola. Mes amis les arbres aussi font comme les baleines et les dauphins. En tendant les bras au ciel, c'est comme s'ils nous indiquaient le chemin vers la lumière.

— Cela me fait du bien de t'entendre, Monsieur Jacquot.

— Moi aussi, Paola, cela me fait grand bien de te parler et d'échanger avec toi. C'est un grand honneur pour moi.

J'ai une autre question pour toi : qu'arrive-t-il lorsque certaines personnes utilisent leur niveau de conscience et de sensibilité dans le but de faire du mal?

— Ça se retourne contre elles.

— Tu en sais des choses, toi. Tu me donnes l'impression de parler à un miroir.

— Impossible, je n'ai pas de barbe.

— Oui bon, mais tu comprends alors qu'il est drôlement important pour les enfants comme toi d'être aux aguets et d'envoyer, autant que possible, de belles pensées aux autres. Quand nous sommes plus sensibles pour recevoir les pensées des gens, nous devons prendre conscience également que nos propres pensées voyagent davantage que celles des autres et qu'elles sont plus puissantes.

Si une personne se sert de son niveau de conscience et de sensibilité à de mauvaises fins, elle risque fort de blesser des gens. Ce sera ensuite la vie elle-même qui se chargera de lui retourner le tout, un peu comme un cadeau empoisonné que l'on s'expédierait soi-même par la poste. Ce cadeau revient alors au moins dix fois plus gros qu'au départ. Cela n'est jamais facile d'ouvrir un tel colis. Son contenu fait parfois perdre à son destinataire le goût de sourire pendant très longtemps…

⊙⊙⊙

Hé! On a presque oublié que le bateau poursuivait sa route. Vois-tu le pommier sur ta gauche?

— Oui, mais comment se fait-il qu'il ait déjà des pommes à cette période de l'année?

— C'est qu'il s'agit d'un pommier un peu magique… c'est celui des pommes au cœur d'or.

— Au cœur d'or!

— Je pense que je vais te raconter son histoire sans te demander la permission.

— Monsieur Jacquot, t'es vraiment comique!

— Tiens, la voici :

 ## LA PETITE POMME

Il était une fois une petite pomme suspendue à son arbre. La petite pomme regarde passer l'abeille et lui dit bonjour. L'abeille poursuit son vol. La pomme se sent bien seule. Il n'y a pas si longtemps, tous ses frères et sœurs étaient là, près d'elle. Le vent les a tous faits tomber. La petite pomme aurait bien envie de se laisser tomber, mais quelque chose la retient. Elle ne sait trop quoi ni pourquoi, mais tant qu'elle ne le saura pas, elle s'accrochera à son arbre.

Bien des pluies et tempêtes ont passé et la petite pomme est toujours suspendue à son arbre. Les abeilles ont cédé leur place aux premiers flocons de neige. Une larme glisse sur sa pelure. Elle ne sait toujours pas ce qui la pousse à s'accrocher, mais elle se retient de céder à la tentation de se laisser tomber.

Puis, par un beau matin, une chaleur lui traverse le corps. La petite pomme sort de son sommeil et, ouvrant les yeux, elle aperçoit un petit bout d'homme, le ventre creux, les mains grelottantes et les joues rougies par le froid. Maintenant, elle sait.

Trop petit pour la cueillir et trop faible pour grimper à l'arbre, le petit homme se mit à genoux. La petite pomme lui tomba dans les mains juste après qu'il eut prié le Seigneur...

— Oh! C'est une belle histoire.

— Et il y a plus. Regarde, il ne s'agit pas seulement d'un pommier, mais d'un verger qui s'étend sur plusieurs hectares. Devine qui en est le propriétaire.

— Le petit garçon de l'histoire?

— Comment sais-tu cela, toi?

— Je le sais, c'est tout.

— Après avoir mangé la pomme, le petit bout d'homme promit au Seigneur de planter de nombreux pommiers pour nourrir tous les enfants du monde, et ce, dès qu'il sera grand. Ainsi, chaque fois qu'une personne sur terre s'accroche à son rêve, une pomme naît dans le verger des pommes au cœur d'or.

Tu vois, contrairement à ce qu'on pourrait croire, le verger est chargé de pommes, comme quoi, ils sont nombreux sur terre à s'accrocher à leurs rêves.

— Mais ça en prendrait beaucoup plus parce qu'il y a trop d'enfants qui ont faim sur terre.

— Tu as bien raison.

☙☙☙

Paola et Monsieur Jacquot poursuivirent leur route lorsque, tout à coup, un tunnel se pointa à l'horizon. Il y avait juste assez d'eau pour que le navire puisse s'y glisser.

— Penche un peu la tête, Paola, ce n'est vraiment pas très haut ici.

On entre maintenant dans le tunnel de l'amour. Regarde tous ces graffitis sur les parois. Un jour, toi aussi tu y inscriras le nom de ton amoureux à côté du tien.

— Ouais…

— Que me vaut ce petit sourire?

— Rien!

— Tu ne veux pas me dire?

— Bah! Comme je te l'ai déjà dit, j'ai un amoureux. Je ne l'ai pas vu depuis quelques semaines et, comme je ne crois pas qu'il soit l'homme de ma vie, je ne pense pas y inscrire son nom.

— Ce serait bien sage de ta part.

— Mais toi, Monsieur Jacquot, est-ce que tu as inscrit le nom de ton amoureuse?

— Oui.

— Il est où son nom?

— Disons que c'est là un secret que je vais garder pour moi. D'accord?

— OK!

À la sortie du tunnel...

— Monsieur Jacquot, elle vient d'où toute cette énergie que je reçois en moi?

— Attends quelques secondes et tu verras. Maintenant, relève la tête et regarde les superbes montagnes au loin. Ce sont elles qui t'envoient toute cette énergie.

— Oh!

— Sens-tu cette vapeur d'eau qui vient chatouiller tes narines?

— Oui, mais regarde, Monsieur Jacquot, comme le ciel est bleu. C'est drôle, les nuages blancs me rappellent les cheveux de grand-mère.

— On va maintenant s'approcher des montagnes.

— Mais, Monsieur Jacquot, on ne pourra plus avancer. Vois devant, on se dirige dans les glaces.

— Attends un peu! Tu verras.

— Hé! Comment se fait-il que les glaces se séparent pour nous laisser passer?

— C'est que la Source gouverne la source, peu importe qu'elle soit gelée ou pas. Regarde, que ce soit au nord, au sud, à l'est ou à l'ouest, il n'y a que des montagnes, toutes plus belles les unes que les autres.

— Elles sont vraiment belles les montagnes, Monsieur Jacquot.

— Tu vois, Paola, ces montagnes ne sont rien d'autre que les épreuves de ta vie. N'en sois pas surprise, car plus tu emprunteras ce chemin, plus tu comprendras les dessous bienheureux de la vie.

— Merci, Monsieur Jacquot, de me conduire ici. Vois-tu cette montagne là-bas? Elle est géante.

— Celle-ci est ce que l'on appelle le sommet du monde. Il s'agit de la plus grosse montagne qui soit. Sur Terre, elle a pour nom l'Everest.

— Elle doit représenter tout un défi!

— C'est l'un des plus grands défis à se présenter sur la route de vie d'une personne.

— Doit-on tous la grimper?

— Non, Paola. Elle ne se présente que sur la route de quelques personnes. Celles-ci ne comprennent pas toujours que si elles ont à la gravir, c'est parce que la vie leur fait grandement confiance. Sinon, jamais elle ne leur lancerait un tel défi ou elle ne les mettrait devant une telle épreuve.

— Et c'est quoi cette épreuve, Monsieur Jacquot?

— Hum! D'après toi, lesquels des sévices sont les pires, les sévices moraux ou les sévices physiques ?

— Bah, je pense que ce sont les sévices à l'âme!

— Bravo, Paola. Tu es très, très proche. De fait, le plus grand des sévices que l'on puisse subir est « l'atteinte à la dignité ». On appelle cela, « la douleur ». Voici un texte sur le sujet. Ce n'est pas nécessairement un texte pour les enfants, mais tu peux le lire si le cœur t'en dit.

— Je veux bien le lire.

— Tiens, le voici :

 ## LA DOULEUR

Souvent invisible
À peine perceptible
La douleur

Combien cruelle
Parfois mortelle
La douleur

Un écran de noirceur
Une vie sans chaleur
La douleur

La douleur est cette blessure à l'âme qui fait que notre être ne fonctionne plus. L'horloge de nos vies s'arrête alors que le temps s'écoule encore et encore. Le train n'est pas pour nous. C'est à peine si nous avons des jambes pour nous tenir debout.

Nous nous retrouvons dans une situation si douloureuse que notre tête n'arrive plus à faire la part des choses. La rationalité ne tient plus. Notre émotivité trouve refuge dans l'isolement. Nous voudrions crier, mais le bruit qui sort de notre bouche se nomme « silence ». Nous voudrions pleurer, mais la situation est si absurde que cela devient impossible. Nous nous retrouvons inertes à marcher d'un pas lent vers le fossé.

L'atteinte à la dignité réduit l'être à un état végétatif où même l'herbe refuse de pousser. L'atteinte à la dignité se change ensuite en un boulet que certains traîneront toute leur vie durant. Ceux-ci n'auront pas surmonté l'épreuve qui était leur et qui devait faire d'eux des êtres privilégiés. C'est sans doute, l'épreuve des initiés.

L'atteinte à la dignité est l'une des plus grandes épreuves à se dresser sur le chemin de la vie. Ce qui s'offre alors à nous, c'est la chance de faire un pas de géant en avant. C'est aussi le risque d'y perdre son cœur, sa foi et son sourire. Les initiés reconnaissent toute la portée de ce que représente l'atteinte à la dignité. Pardonne à ton bourreau et la vie te pardonnera bien des choses. Regarde au-delà des montagnes et tu verras l'arc-en-ciel. Coupe cette chaîne qui te retient à ton boulet et vois ensuite combien tu te sens le pied léger.

Certaines personnes ont, souvent malgré elles, un rôle négatif à jouer dans nos vies. Elles sont comme les chevaliers à l'armure noire qui percent nos cœurs de leur glaive. Nous voudrions les combattre, mais leur attaque sournoise nous a laissé les épaules en poussière. Seuls le temps et la foi en la vie permettent de gravir la montagne qui se dresse devant et de couper la chaîne. Le pardon devient plus facile lorsque nous avons conscience du rôle du bourreau et de l'épreuve à surmonter.

À la limite, il est parfois plus facile de pardonner à ses bourreaux qu'à soi-même. Du premier cri au dernier soupir, la vie est épreuve. Doit-on la maudire pour autant? Les initiés savent que la démarche de chacun s'inscrit dans un tout indissociable.

Si l'on a atteint à ta dignité, libère-toi de tes chaînes qui t'empêchent d'avancer et remercie la vie d'avoir compris et d'avoir grandi. Dis-toi que, si la vie t'offre une grande épreuve, c'est qu'elle a confiance en toi. Tu peux en vouloir à ton bourreau pour les sévices dont il t'a affligé, mais tu ne pourras jamais lui en vouloir pour le boulet que tu traînes derrière. La chaîne est tienne et fut faite de tes mains. L'épreuve de l'atteinte à la dignité se termine le jour où nous coupons la chaîne, le jour où nous comprenons que ce que nous sommes devenu est tributaire du passé et que les épreuves réussies font de nous un être grandi.

— Qu'est-ce qui provoque cette douleur, Monsieur Jacquot?

— Il y a mille et une raisons, Paola, et mille et une façons de porter atteinte à la dignité d'une personne. Nous pouvons blesser l'âme d'une personne, entre autres, par une phrase assassine, un silence, un regard ou un geste. Le moyen utilisé peut d'ailleurs être banal aux yeux des uns, mais des plus douloureux pour qui le subit.

— Comment arrivons-nous à surmonter cette montagne?

— Par le pardon, Paola. Uniquement par le pardon. Il y a, bien sûr, celui du bourreau, mais le plus important est le pardon de soi. Il est souvent plus facile de pardonner aux autres qu'à nous-même, notamment, parce que nous nous en voulons d'avoir construit cette chaîne qui nous retient au boulet.

Pour les gens qui gravissent l'Everest, le pardon permet de surpasser le point critique où l'air se raréfie et où l'on doit littéralement réapprendre à respirer pour poursuivre vers le sommet. Une fois en haut, on a droit au plus fabuleux des spectacles. Autant on se sent invincible, autant on prend conscience de la fragilité de la vie.

Il t'arrivera de croiser des enfants pour qui cette montagne se pointe très tôt sur leur chemin de vie. Leur pureté de cœur facilitera leur ascension, bien que cette blessure à l'âme fasse parfois mal très longtemps.

Tiens, revoilà notre ami l'oiseau avec un autre message au bec. Sa petite note dit ceci : « Paola, le truc avec les montagnes, c'est d'apprendre à voler. »

— Est-ce que je pourrai apprendre à voler?

— Sûrement, mais ce sera à ton nouvel ami l'oiseau de te l'enseigner. À chacun son rôle! Prends quelques secondes de réflexion et nous poursuivrons ensuite.

— Hum!

— Mon petit doigt me dit que tu es en train de comprendre, même si je sais que cela fait beaucoup de choses à saisir pour une première fois. Ne t'en fais pas, si tu ne comprends pas tout. Tu pourras revenir sur cette rivière autant de fois que tu le désires.

Tu pourras même y aller à partir de ta chambre. Il te suffira de fermer les yeux comme tu l'as fait tout à l'heure et de voyager dans ton cœur.

— J'aimerais bien apprendre à voler tout de suite pour l'enseigner à mes amis. De cette façon, la vie serait plus facile pour tout le monde.

— Lorsque tu reviendras ici, tu n'auras qu'à demander à ton ami l'oiseau. Il est toujours dans les parages. Je suis sûr qu'il se fera un grand plaisir de te montrer comment.

— Je commence à avoir hâte d'arriver à destination, même si je voudrais que ce voyage soit sans fin. Au fait, quelle est la destination?

— Pour ce qui est de la fin du voyage, eh bien, c'est qu'il est sans fin ce voyage, Paola, et pour ce qui est de la destination, sois patiente, c'est une surprise. Savoure chaque seconde qui passe puisque chacune d'entre elles t'apporte un petit bonheur.

Trop souvent, les gens ne pensent qu'à la destination. Celle-ci leur semble parfois tellement loin qu'ils se découragent avant même le premier pas. Comme pour le présent voyage, il faut apprécier chacune des étapes et se concentrer sur le prochain pas. Au fait, savais-tu que tu avais les pieds jaloux?

— Non, mes pieds ne sont pas jaloux!

— Mais oui, n'as-tu pas remarqué que lorsque

tu poses le pied gauche devant le pied droit, ce dernier fait de même, et ainsi de suite.

— Je ne savais pas que j'avais les pieds jaloux.

— Sachant cela, tu comprendras que, si tu te concentres à faire le premier pas au sortir du lit le matin, tu arriveras tôt ou tard à destination. De cette façon, tu évites le vertige des départs vers l'inconnu et tu t'assures d'aller de l'avant. Quand tu pars en voyage et que tu en apprécies chacune des étapes, celui-ci te paraît beaucoup plus court et plus agréable. Aussi, il t'arrivera de prendre des détours, de faire des arrêts et parfois même des retours en arrière. La vie n'a rien d'une ligne droite, tu sais.

— Monsieur Jacquot, regarde par là, on dirait un désert. Il est rempli de petites fleurs. Comment est-ce possible?

— Ce sont des praïdas. Je sais que tu n'aimes pas que je te le demande, mais souhaites-tu que je te raconte leur histoire?

— J'sais pas, peut-être que oui…

— Avant de te raconter l'histoire des praïdas, prends le temps de saluer ton ami l'arc-en-ciel qui se cache derrière les montagnes. Il est là uniquement pour te dire bonjour, quoiqu'il soit un peu timide à la vue d'une personne qu'il croise pour la première fois. L'arc-en-ciel savait que tu viendrais.

— Salut l'arc-en-ciel! Bisous! Est-ce que tu me racontes l'histoire des praïdas?

— Les praïdas... Attends, laisse-moi fouiller dans mon sac. C'est une petite plante qui m'a raconté le tout. Voici le contenu de son récit :

LES PRAÏDAS

Mon nom est Praïda, je suis une fleur qui pousse dans l'imaginaire des gens de bien. Je suis là chaque fois qu'une bonne pensée les anime. Chacune de ces pensées m'apporte un peu de soleil ou un peu de pluie, selon mes besoins. Lorsque je suis indécise, il m'arrive de provoquer des arcs-en-ciel.

Praïda signifie « fleur du désert ». Dans les temps antiques, tous les déserts de la terre étaient parsemés de praïdas. Les gitans et les nomades les vénéraient comme des déesses puisqu'elles les guidaient vers les sources d'eau potable. Jamais on ne devait les cueillir, faute de quoi, la vie aurait été impossible dans ces sables chauds où même l'horizon perd son nom.

Il en fut ainsi pendant plus de mille ans... jusqu'au jour où gitans et nomades furent attirés par les cités, ces grandes villes où l'on entasse beaucoup de gens. Les praïdas perdirent peu à peu leurs protecteurs mais, pire encore, elles perdirent tout l'amour qu'elles recevaient des assoiffés.

Les déserts sont depuis toujours le refuge des âmes assoiffées. Les praïdas d'autrefois sont devenues tout comme moi des fleurs de l'imaginaire. Nous sommes le lien entre les gens de bien et la Source de vie.

Laisse couler la Source de vie dans tes veines et tu seras source à laquelle on s'abreuvera...

— Elles sont vraiment belles les praïdas. Dis-moi, c'est quand la première fois que tu as fait ce voyage?

— Oh! Il y a de cela très, très longtemps. Cela remonte au temps où j'avais un peu de difficulté à comprendre ce qui se passait dans le monde. Ma première rencontre avec ta mère fut déterminante. Elle n'était pas plus grande que toi à l'époque. Sylvia m'a d'abord indiqué où se situait le Cap au Rocher puis elle m'a dit : « Monsieur Jack, si tu vas au Cap au Rocher et que tu ouvres ton cœur, tu verras la vie sous un œil complètement différent. » Je n'ai donc pas tardé à m'y rendre et, après quelques essais, je fis la connaissance de Monsieur Nomino. À la suggestion de ce gentil rocher, j'eus tôt fait de m'imaginer un navire pour m'aventurer sur la rivière. Bref, j'ai tellement aimé ce que j'y ai découvert que je me suis promis d'y conduire le plus de gens possible.

— Pourquoi est-ce toi qui me montres ce chemin plutôt que maman?

— Ta mère attendait le bon moment pour t'y ramener comme elle le fera à nouveau avec Émilio un de ces jours. Aussi, avec la vie effrénée qu'elle a eue ces dernières années, ce fut un peu plus difficile pour elle de rester connectée à la Source et au monde imaginaire. Disons que le départ de ton papa a ajouté de la pression sur ses épaules.

— Je m'ennuie de mon papa, Monsieur Jacquot.

— C'est normal, Paola, mais ton père est sûrement encore très présent dans ton cœur et c'est justement à cet endroit que nous nous dirigeons.

— Est-ce que moi aussi je pourrai conduire des gens ici plus tard?

— Quiconque emprunte cette route une première fois devient ensuite un phare apte à éclairer tous les navigateurs du monde. Ce qu'il y a de merveilleux, c'est que chaque fois qu'un enfant conduit un parent ou un ami en voyage au creux des cœurs, eh bien, ceux-ci deviennent à leur tour des phares.

Lorsque tu prends conscience que tu peux jouer le rôle d'un phare, l'étape suivante consiste à bien évaluer les besoins de la personne à se présenter devant toi. Par exemple, si celle-ci est perdue en forêt et que tu tentes d'éclairer sa route avec un gros phare, tu ne réussiras qu'à l'éblouir. Une lampe de poche s'avère pas mal plus efficace pour qui est perdu en forêt.

N'oublie pas qu'il y aura parfois sur ta route des gens qui ne voudront pas savoir et d'autres qui ne voudront pas faire ce voyage. Aie bien conscience que tu ne pourras aider tout le monde, et ce, tout simplement parce que ce n'est pas tout le monde qui veut s'aider. Ne t'arrête pas et poursuis ton chemin. Tu y perdrais beaucoup d'énergie et le résultat serait nul de toute façon. Laisse le soin à la vie de leur lancer des messages. Tôt ou tard, ils sauront bien les capter. Ce sera alors le bon moment de les aider.

Rappelle-toi le proverbe chinois qui dit que :

- Si la personne en avant de toi ne sait pas et ne sait pas qu'elle ne sait pas, fuis-la
- Si elle ne sait pas et sait qu'elle ne sait pas, enseigne-lui
- Si elle sait et ne sait pas qu'elle sait, éveille-la
- Si elle sait et sait qu'elle sait, suis-la.

Ils sont nombreux à rechercher un éclairage différent sur leur route. Il y a également pas mal de gens qui savent, mais qui ne le savent pas ou encore qui ne savent pas à quel point ils ont accès à beaucoup de connaissances. Certains n'ont pas idée de leur potentiel. Un peu comme pour ton histoire de la rivière, ceux-ci ont parfois besoin du regard des autres pour prendre conscience de ce à quoi ils ont accès. Cela me rappelle la légende de la commode aux huit tiroirs. Est-ce que tu la connais?

— Non, mais qu'est-ce qu'une commode?

— Une commode est une espèce de grand bureau dans lequel on range principalement des vêtements. Selon la légende, il y aurait de par le vaste monde des ébénistes qui parcourent la planète à la recherche d'enfants au cœur pur. Une fois les enfants trouvés, les ébénistes ont tôt fait de leur préparer la plus belle des commodes qui soit. Cette légende m'a été révélée par un jeune garçon du nom d'Éric. Donne-moi trois secondes… La voici :

 # LA COMMODE
AUX HUIT TIROIRS

Les parents d'Éric étaient de grands amateurs d'antiquités et profitaient de leur temps libre pour faire la tournée des antiquaires. Alors qu'il accompagnait ses parents dans l'une de ces tournées, Éric eut la surprise de sa vie. En entrant dans l'une des boutiques, il aperçut une magnifique commode à huit tiroirs. Faite de bois franc clair, elle était là à dormir paisiblement en attente d'un nouveau propriétaire. Dès le premier coup d'oeil, Éric cria : « Je la veux! » Le vieil antiquaire fut des plus surpris, car jamais personne ne s'était attardé à cette commode alors qu'elle était là depuis de nombreuses années.

« Pourquoi voudrais-tu avoir cette commode ? » questionna le père.

« C'est qu'elle est super belle, répliqua Éric. Regarde, elle a huit grands tiroirs et le huitième est vraiment spécial, il a trois serrures. »

« Qu'est-ce que tu racontes, cette commode n'a que cinq tiroirs », rétorqua son père, un peu surpris.

« Mais non, tu ne sais donc pas compter, ajouta sa mère d'un ton moqueur. Cette commode n'a que quatre tiroirs. »

Stupéfait, l'antiquaire se gratta le dessus de la tête et chercha à comprendre ce qui se déroulait sous ses yeux. Lui ne voyait que sept tiroirs. Il prit alors quelques instants de réflexion. Pendant que les parents d'Éric se mirent à fouiller la boutique de fond en comble à la recherche de la perle rare, l'antiquaire mit un genou par terre et se pencha un peu pour demander tout doucement à Éric de lui indiquer où était le huitième tiroir. Le jeune garçon pointa immédiatement sous le septième et dit : « Regarde, il y a trois serrures. » N'y voyant rien, le vieux monsieur se rappela qu'il y avait dans le premier tiroir une petite boîte métallique contenant trois clés. Un peu abasourdi, il présenta la boîte à Éric qui eut tôt fait d'insérer chacune d'entre elles dans leur serrure respective. C'est à ce moment que le huitième tiroir apparut aux yeux de l'antiquaire. Il y avait à l'intérieur une vieille paire de bottines.

Sous le choc de voir apparaître le huitième tiroir, l'antiquaire offrit sans tarder, et tout à fait gratuitement, la commode aux parents d'Éric. Pour expliquer sa décision, il leur mentionna que le temps était venu de libérer un peu d'espace et que, comme le petit Éric la désirait beaucoup, l'occasion était belle de faire d'une pierre deux coups.

Un peu surpris par la réaction du vieil

antiquaire tout comme par l'insistance de leur fils, les parents d'Éric montèrent la commode dans leur camion sans trop poser de questions. Ils promirent de revenir bientôt à la boutique pour y acheter quelques trucs qu'ils avaient remarqués. Comme Éric avait remisé chacune des clés dans la boîte métallique, ses parents ne virent pas le huitième tiroir.

La nuit venue, Éric profita du sommeil de ses parents pour insérer à nouveau les trois clés dans leur serrure. La vieille paire de bottines était en fait une paire de bottines en or. Souples à souhait, elles permettaient à qui les portait de parcourir monts et vallées à la vitesse de la lumière pour éclairer les gens sur leur chemin de vie. À la fois phare, lampe de poche et bougie, l'éclat des bottines s'ajustait aux besoins des âmes. Quiconque apercevait ces bottines voyait ensuite la vie sous un nouveau jour.

Après avoir enfilé sa nouvelle paire de bottines, Éric se dirigea chez l'antiquaire, qui habitait à l'étage en haut de sa boutique, et lui présenta ce que cachait la fameuse commode. Le vieil homme eut le souffle coupé devant la pureté de cœur d'Éric et par la lumière que dégageaient ses bottines.

« Mon petit ami, dit l'antiquaire, je donnerais tout ce que j'ai pour retrouver cette pureté de cœur, qui est tienne, et pour enfiler une aussi belle paire de bottines. »

« Mais, monsieur l'antiquaire, dit Éric, mes amis ébénistes m'ont dit qu'ils avaient préparé une commode pour tout un chacun sur terre. Elle est là au creux des cœurs. Il suffit de faire un souhait et de s'y attarder un peu pour apercevoir l'ensemble des tiroirs. Toi aussi, tu apercevras bientôt le huitième tiroir et je suis convaincu que tu y trouveras une paire de bottines à ta pointure. »

Au matin, l'antiquaire descendit dans sa boutique en se rappelant qu'il avait rêvé que le jeune Éric lui avait rendu visite avec au pied des bottines en or. En y entrant, quelle ne fut pas sa surprise d'apercevoir à nouveau la commode bien droite, posée au même endroit qu'à l'habitude. À ses yeux, elle avait maintenant huit tiroirs...

— Vais-je pouvoir enfiler d'aussi belles bottines, moi aussi, Monsieur Jacquot?

— Ce sera bientôt à ton tour, Mademoiselle Paola, dès que tu auras terminé ce voyage. Vois-tu, nous avons tous dans nos cœurs une espèce de commode. Celle-ci représente tout le potentiel qu'une personne porte en elle.

Nous sous-estimons parfois le nombre de tiroirs de notre commode tout comme l'importance de son contenu. Aussi, il est important d'ouvrir tous ses tiroirs puisque chacun renferme son lot de trésors. Malheureusement, plusieurs personnes auront tôt fait d'en fermer quelques-uns et parfois même à clé de peur qu'on en pille le contenu. D'autres cachent volontairement une partie d'eux-mêmes par peur d'être jugés ou pour éviter les blessures.

— Pourquoi les gens ne voient pas tous le huitième tiroir, Monsieur Jacquot?

— Tout simplement parce qu'ils ne prennent pas le temps de s'arrêter et de regarder avec les yeux du cœur.

— Et moi, mes tiroirs sont-ils tous ouverts?

— Honnêtement, je pense que tu en as fermé quelques-uns récemment et il te faudra les rouvrir pour emprunter ton chemin de vie. Tu te sentiras alors plus légère. C'est essentiel pour qui veut apprendre à voler. Hé! Regarde la montagne devant.

— Elle n'est pas très haute, mais elle n'a pas l'air très accueillante. Elle fait peur!

— Cela se comprend, il s'agit de la montagne des peurs. Quiconque passe par cette montagne se complique la vie comme tu n'as pas idée. Tu vois, elle n'est pas très haute cette montagne pas plus qu'elle n'est escarpée. Eh bien, celui qui décide de s'y aventurer s'invente des peurs qui le ralentissent sur son chemin de vie. À chaque pas sa peur. C'est comme si les gens entraient dans un labyrinthe sans fin, dont chaque détour les retarde sur leur chemin de vie. Tout est compliqué sur cette montagne. Il y a des sables mouvants, des rochers qui s'effritent sous nos pieds, des arbres qui bloquent le passage, tout y est pour épuiser le plus vaillant des voyageurs.

— Comment fait-on pour la grimper?

— On a deux choix : soit qu'on apprenne à voler, soit qu'on ferme les yeux encore plus fort et qu'on élimine une à une chacune des peurs en notre cœur. Vue d'ici, elle semble assez facile à escalader, mais une fois qu'on y met les pieds, crois-moi, c'est vraiment compliqué.

— Peux-tu demander à la Source de nous conduire un peu plus loin? Je n'ai pas tellement envie de passer trop près.

— Aurais-tu peur de t'y arrêter?

— Euh! Non, mais pourquoi se compliquer la vie pour rien?

— Tu as bien raison. Regarde devant, il y a une autre montagne.

— Il y a de la neige qui tombe dessus.

— Il s'agit de la montagne des premières neiges.

— Moi, j'aime bien la première neige de l'année!

— Tu n'es pas la seule. Pour tous les enfants du monde, la première neige est toujours une source de joie immense. Ainsi, chaque fois qu'il y a une première neige quelque part sur la planète, on aperçoit de la neige tomber sur la tête de cette montagne. La légende veut qu'elle soit le lieu de villégiature préféré des petits lutins du Nord.

Tiens, voici un court texte au sujet de la première neige. Je vais te laisser le lire pendant que je me repose un peu :

 La première neige

L'enfant qui s'éveille regarde la nouvelle neige par la fenêtre de sa chambre. À peine sorti du lit, le voilà dehors.

Ses pieds nus sont réchauffés par la joie de la première neige
Sourire d'éléphant
Il laisse ses poumons crier leur joie.

La neige qui tombe se change en plumes et se pose sur l'enfant pour l'abriter du froid.

Soudain, une voix sort de la maison
Douce folie éteinte
Cette voix lui dit d'entrer.

L'enfant s'éteint
La voix vient le cueillir sous une pluie de larmes en maudissant cette neige qui pourtant s'était changée en plumes
Si cette voix avait suivi le roi des guides, le cœur, elle aurait enlevé chaussures et rejoint l'enfant

Douce folie...

∽◌◐◌∽

As-tu terminé?

— Oui.

— La montagne des premières neiges est de la plus haute importance pour l'équilibre du monde, puisque chaque enfant qui sourit à la vue de la première neige envoie une onde de lumière partout sur la terre. D'ailleurs, si tu t'arrêtes un instant pour l'observer, tu remarqueras une espèce de couronne de lumière sur sa tête. C'est une couronne de sourires d'enfants pour ne pas dire une couronne de sourires d'éléphants.

— Hum!

— Tu sembles songeuse. À quoi penses-tu?

— À tous ces sourires au sommet et à tous ces enfants du Sud qui ne voient jamais la neige. Je trouve cela un peu triste qu'ils ne voient jamais de première neige.

— Ne t'en fais pas, car cette couronne de sourires rejaillit partout sur la terre.

— Capitaine Jacquot! Hum! Puis-je t'appeler Capitaine Jacquot?

— Pourquoi souhaites-tu m'appeler ainsi?

— Parce qu'il n'y a ni rames ni moteur et j'ai l'impression que c'est toi qui guides le bateau.

— Tu peux bien m'appeler capitaine si tu le souhaites, mais mon rôle consiste simplement à éclairer ta route et à t'aider à apprivoiser ton intuition. C'est elle qui te guidera tout au long de ta route de vie. C'est par ton intuition que la vie te lance ses messages. Quand tu ne l'écoutes pas, elle passe ses messages par des intermédiaires, des gens qui comme moi sont intuitifs. Ces gens te diront de vive voix ce que tu devrais normalement entendre en écoutant ton intuition.

— Qu'est-ce que l'intuition?

— C'est la voix de ton cœur. Lorsque nous nous entêtons à ne pas écouter les messages de la vie, il arrive que celle-ci nous place dans une situation dans laquelle nous n'avons plus le choix. C'est souvent à ce moment que les gens vivent un drame dans leur vie, que ce soit par la maladie, la mort ou un accident. Heureusement qu'il y a des façons plus simples d'ouvrir son cœur, dont ce voyage de l'intérieur. Si, au contraire, tu te laisses guider par ton intuition, il te sera beaucoup plus facile de suivre ton chemin de vie et de naviguer en tenant compte des règles de la boîte.

— Capitaine Jacquot, c'est quoi cette montagne avec des clôtures partout?

— Cette montagne est celle des mille et une limites.

— Ah bon! Elle sert à quoi?

— Elle est là pour rappeler aux gens les mille et une limites qu'ils s'imposent, et ce, pour mille et une raisons. Derrière cette montagne se cache un pays. Comme tu peux t'en douter, il s'agit du pays aux mille et une limites. Il n'y a que des clôtures et pas une seule route. À chaque pas qu'une personne fait, elle doit passer non seulement par-dessus ses propres clôtures, mais aussi par-dessus celles des autres. Cela s'avère parfois très frustrant. Souvent, les gens de ce pays évitent de sortir afin de ne pas se heurter aux limites des autres. Plus nous nous imposons de limites en notre cœur, plus il devient épuisant d'aller de l'avant dans notre vie.

— Y a-t-il des clôtures dans mon cœur, Monsieur Jacquot?

— Tu en as sûrement quelques-unes, Paola, mais plus tu en prendras connaissance, plus il te sera possible de les détruire, sinon de passer par-dessus.

ⓖⓢⓖ

— Capitaine Jacquot, nous nous dirigeons tout droit sur une île!

— C'est ton île, Paola. Le fait que tu t'apprêtes à y mettre pied signifie que tu as maintenant réussi l'épreuve des initiés, car tu peux dès aujourd'hui et pour toujours voir au creux des cœurs et toucher l'âme du monde, l'âme des gens.

L'île que tu as devant toi se distingue du paysage tout autour par la verdure qui est sienne. Les oiseaux viennent s'y reposer et l'eau qui y circule est la plus pure qui soit. C'est la Source de vie.

Prends garde, Paola, nous allons maintenant accoster. Remarque, le sable est si fin que c'est comme si ton île avait déroulé un tapis pour te souhaiter la bienvenue chez toi.

Pour ma part, c'est ici que je te laisse, car je n'ai point le droit de fouler de mes pieds ton éden de vie. Ce que tu t'apprêtes à découvrir sur ton île est le trésor le plus précieux qui soit : toi, ton âme et celle de l'univers.

Tu es très, très belle, chère Paola, et tout ce que tu as à faire, c'est de fermer les yeux, de laisser tomber ton armure et de te laisser guider par la vie. Celle-ci t'amènera toujours à bon port malgré tes craintes et tes désespoirs. Lorsque les obstacles te sembleront insurmontables ou, tout simplement, trop pénibles, ferme les yeux et rappelle-toi les montagnes. De cette façon, toi et ton sourire ne ferez qu'un, pour l'éternité.

— Merci, Monsieur Jacquot, de m'avoir conduite sur mon île!

— Ce fut pour moi un grand plaisir, Mademoiselle Paola. Hé! Revoilà notre ami l'oiseau et quelle surprise, il a un autre message pour toi :

Cara Paola,
Amore mio,

Ici papa. Ce n'est pas sans déchirement que j'ai accepté de quitter la terre pour retourner dans la lumière, près du Seigneur qui avait pour moi d'autres missions à accomplir. Je veux que tu saches que ce n'est pas parce que tu ne peux me toucher physiquement que cela signifie que je ne suis plus là, près de toi.

Je ne vous ai jamais quittés, toi, ta mère et ton petit frère. Qui, crois-tu, a poussé le ballon de l'autre côté de la rue? C'était moi, Paola, parce que j'avais vraiment hâte de pouvoir te lancer ce message grâce à notre ami l'oiseau et à Monsieur Jacquot.

Tu ne t'étais pas seulement fait un œuf, Paola. Tu t'étais aussi équipée d'une armure depuis mon départ. Je ne pouvais plus te parler et tu ne pouvais plus m'entendre à cause d'elle. S'il te plaît, ne remets plus jamais cette armure qui aura tôt fait de t'emprisonner et retourne régulièrement sur ton île pour y cultiver ce magnifique jardin de l'intérieur, le cœur.

Comme pour les montagnes, il te suffira de fermer les yeux et d'ouvrir ton cœur pour entendre ma voix. Moi aussi, je m'ennuie de ne plus pouvoir te serrer dans mes bras, mais il y a des missions tellement importantes à réaliser pour le bien de l'humanité et cela me console de savoir que tu auras un rôle important à y jouer sur terre, le rôle d'éclaireur des consciences.

Je me console aussi en sachant fort bien que nous nous retrouverons un peu plus tard. Sache que je t'aime et t'aimerai toujours.

Ton papa
Xox.....

Au matin, un rayon de soleil se pointa sur le bout du nez de Paola. Elle pensa aussitôt à son papa venu la saluer, à Monsieur Jacquot et au voyage. Après avoir bu un jus de fruits frais, elle se dirigea à la hâte au parc pour y rencontrer son ami. La terrasse du café était bondée, mais Monsieur Jacquot n'y était plus. Il avait déjà quitté le village. Les yeux de Paola roulèrent dans l'eau. Elle aurait tant aimé avoir la chance de lui dire au revoir une dernière fois.

La serveuse du café qui l'aperçut l'invita à s'asseoir à la table de Monsieur Jacquot. À la grande surprise de Paola, celle-ci avait été réservée en son nom. La serveuse lui remit également une enveloppe contenant un message :

Bonjour Paola,

Je sais que tu m'en voudras un peu d'être parti aussi rapidement, sans avoir eu la chance de te dire au revoir une dernière fois. J'aurais bien aimé recevoir ce merveilleux sourire qui est tien avant de partir, mais il y a d'autres Paola de par le monde qui attendent ma venue. Ne sois pas triste puisque nous avons eu la chance de faire ensemble le plus beau des voyages. Et comme je te l'ai dit, ce n'est pas parce que j'ai quitté le village que je ne pourrai plus te voir. Je n'ai qu'à enfiler mes bottines d'or pour te retrouver au royaume de l'imaginaire. Puisque j'ai besoin d'y retourner régulièrement, nous nous croiserons sûrement sous peu.

Par ailleurs, j'aimerais que tu retournes sur ton île dès que tu en auras l'occasion. Va à l'arrière, côté sud. Tu y trouveras un rocher immense à l'intérieur duquel se trouve l'Excalibur, cette épée forgée par le maître magicien Merlin. Tu ne verras que la tête de l'épée. Ta pureté de cœur te permettra de l'extirper du rocher. L'Excalibur t'aidera ensuite à vaincre bien des ennemis et à franchir de nombreux obstacles sur ta route de vie.

On porte tous l'Excalibur au creux de nos cœurs. Elle est là pour qui emprunte la route de ses rêves avec la pureté de cœur de l'enfant et pour ceux et celles qui font et refont le voyage au creux des cœurs, au centre de l'univers.

Merci pour tes mille et un sourires. Je t'embrasse très fort. Ma table est tienne. Salut à toi « Capitaine Paola »,

Monsieur Jacquot

Table

Cet ouvrage a été achevé d'imprimer au Canada
par Imprimeries Transcontinental inc.